Simon Graf

Roger Federer

Il campione e l'uomo

Edizioni Casagrande

Le Edizioni Casagrande beneficiano
di un sostegno strutturale
dell'Ufficio Federale della Cultura
per gli anni 2016-2020

Prima edizione: settembre 2019

Titolo originale:
Simon Graf
Roger Federer.
Weltsportler. Ballverliebter. Wohltäter

Traduzione dal tedesco
di Francesco Peri

www.edizionicasagrande.com
ISBN 978-88-7713-845-3

ISBN 978-3-907126-00-4

Fotografie di Romina Amato,
Urswil

Impaginazione:
Edizioni Casagrande
Stampa:
CPI Books

Premessa

A volte capita di avere fortuna. Quando ho iniziato a scrivere di tennis per il «Tages-Anzeiger» di Zurigo e per la «SonntagsZeitung» nessuno avrebbe mai potuto immaginare che un certo Roger Federer avrebbe infranto ogni primato in questo sport, assurgendo a eroe nazionale svizzero e idolo planetario. Ho avuto il privilegio di accompagnarlo in molte delle sue campagne trionfali ai quattro angoli del mondo che vive di tennis, e ho avuto modo di conoscerlo meglio nel corso di lunghe interviste, anche a tu per tu. Nel giardino della casa che affittava a Wimbledon all'epoca del suo primo Grande Slam nel 2003, nella camera di un albergo di lusso a Ginevra, in un caffè di Basilea, sulle sponde del Reno, oppure a Lenzerheide, nelle Alpi grigionesi, dove si è stabilito nel frattempo. Senza contare le innumerevoli conferenze stampa e gli altri appuntamenti con i giornalisti nel corso dei quali ho potuto scambiare qualche battuta con lui, e ascoltarlo parlare per centinaia di ore. Desidero ringraziarlo di tutto cuore per la franchezza e per la disponibilità con la quale ha sempre accettato di parlare anche di temi che vanno al di là della sfera del tennis.

Questa non è una biografia autorizzata, però ormai scrivo di Federer da quasi vent'anni, e ho avuto il privilegio di scoprire molte, moltissime cose sul suo conto parlando con lui e con persone a lui vicine, in campo familiare e sportivo. Insomma, credo di essere in grado di tracciare un ritratto fedele. E non solo dello sportivo, ma anche dell'uomo: una persona che, come tutti noi, ha dovuto lottare per arrivare dov'è, anche se a volte, vista dall'esterno, la sua vita potrebbe assomigliare a un'unica catena di vittorie mozzafiato. In questo libro cercherò di mostrare Federer da tutti i punti di vista: l'adolescente irrequieto, il genio del tennis, il figlio, il marito e padre, l'atleta modello, lo stratega, il top manager del proprio talento, il protagonista di vittorie e sconfitte, l'idolo, il fuoriclasse, il benefattore e molto altro.

Il ritratto non segue un ordine strettamente cronologico, assomiglia piuttosto a una successione di quindici piccole monografie tematiche su Federer. Il libro si può leggere dalla prima all'ultima pagina, alla maniera classica, ma chi lo desidera può anche saltare da un capitolo all'altro nell'ordine che preferisce. Ciascuna sezione è indipendente dalle altre: per completare il puzzle basterà averle lette tutte.

Kilchberg, 22 marzo 2019

Un re venuto dal popolo

È una giornata radiosa in paradiso. Il sole splende, ma una lieve brezza spira sul paesaggio alpestre di Gstaad e aiuta a sopportare la calura estiva. È il 25 luglio 2013, e nel piccolo comune svizzero si attende la visita di Roger Federer. Sono passati nove anni dall'ultima volta che l'astro del tennis è stato qui, ma ora, nella sua insaziabile ricerca di nuove esperienze di gioco, Federer si accinge ancora a fare tappa nell'Oberland bernese. La gente del posto è talmente piena di entusiasmo che gli ha perfino regalato una vacca, come già nel 2003, dopo il suo primo trionfo a Wimbledon. Eppure, quando per pura coincidenza lo vedo riscaldarsi un paio di ore prima del match in programma sul campo di terra battuta del Grand Hotel Palace, ho un cattivo presentimento. Che fine ha fatto la sua leggendaria eleganza? Che cosa ne è della sua leggerezza? Il campione è rigido, fa pensare a un automa. Non si è mai del tutto ripreso dai suoi problemi alla schiena. Forse non è stata una buona idea accettare di vedersela con il tennista tedesco Daniel Brands. No, decisamente no, come scopriremo alcune ore più tardi. Federer gioca come la brutta copia di se stesso, senza lasciarsi andare alla partita, anzi, ben presto addirittura rassegnato. Dopo 65 minuti di gioco e due set perduti per 3-6 e 4-6, lascia il campo a testa bassa.

Sono mesi tormentosi per Federer. A Wimbledon ha perso il titolo al secondo turno contro l'ucraino Sergiy Stakhovsky, un signor nessuno, e nel corso di tutto quell'anno, il 2013, i suoi dolori cronici alla schiena non gli hanno dato tregua. E ora, dopo quella pessima esibizione di fronte al pubblico di Gstaad, il suo pubblico, così impaziente di vederlo giocare, non ha molta voglia di confidarsi con i giornalisti. Eppure il dovere chiama: Federer si presenta all'inevitabile conferenza stampa e si espone al fuoco di fila delle domande imbarazzanti. Che non si fanno attendere. Nessuno gliene vorrebbe se cercasse di tagliare corto, e invece Federer si spiega per un'intera mezz'ora. Anche se neppure lui, a dire il vero, sa di preciso come è messa la sua schiena. Dopo le interviste si concede perfino qualche minuto per fare due chiacchiere con il figlio di Claudio Mezzadri, vecchia gloria del tennis elvetico, e con altre persone che sono venute a conoscerlo. Inghiotte il rospo, manda giù la frustrazione di un corpo che sembra intenzionato a disobbedirgli, si mette dal punto di vista degli appassionati che aspettavano da tanto tempo di vederlo. Sul campo li ha delusi, ma proprio per questo si sforza di concedere loro più tempo fuori. Anche se molto probabilmente avrebbe preferito tagliare la corda e prendersi un po' cura di se stesso, invece di pensare agli altri. Un piccolo aneddoto *a latere* che la dice molto lunga sull'uomo.

Avrei potuto iniziare il mio ritratto con una delle grandi vittorie di Federer. Ma tutti sono capaci di brillare nel trionfo. Il vero carattere di una persona si vede nei momenti più difficili. Come quel giorno nell'Oberland bernese, uno dei punti più bassi della sua carriera. Gli sarà capitato senz'altro, e più di una volta, di leggere i due versi di Rudyard Kipling che fanno bella mostra di sé all'ingresso del campo centrale di Wimbledon:

Se saprai confrontarti con Trionfo e Rovina
E trattare allo stesso modo questi due impostori...

La poesia, che si intitola *If*, «Se», si conclude poi con queste parole:

Tua sarà la Terra e tutto ciò che è in essa,
E – quel che più conta – sarai un Uomo, figlio mio!

Kipling ha scritto questi versi nel 1910 per suo figlio John, che a distanza di pochi anni sarebbe partito per la Prima guerra mondiale e caduto al fronte. In Inghilterra è ancora oggi una delle poesie più lette e amate dal pubblico. Federer è l'incarnazione stessa dello spirito che Kipling ha cercato di descrivere, se non altro per quel che riguarda il distico citato a Wimbledon. Le tante vittorie, i titoli e una vita da autentica rockstar del tennis, osannata ai quattro angoli del mondo, non gli hanno mai dato alla testa, né le sconfitte e le ricadute sono mai riuscite a demoralizzarlo.

Federer deve moltissimo alle sue origini, e non soltanto sul piano sportivo. Eppure il ragazzo del Cantone di Basilea Campagna è anche molto cresciuto, alle prese con le sfide di una vita sotto i riflettori, nel ruolo di massimo protagonista del grande circo globale del professionismo tennistico. Ha capito molto presto che un divo dello sport non appartiene più soltanto a se stesso, ma ha gravi responsabilità anche nei confronti degli altri, e ha cercato di mostrarsi all'altezza senza mai tradire il proprio carattere. Che gli piaccia o no, Federer è un punto di riferimento nella vita di tante persone. L'ammirazione di cui è oggetto sconfina talvolta in un culto quasi mistico. I più irriducibili tra i suoi ammiratori arrivano a consumare tutte le ferie per seguirlo intorno al mondo e vederlo giocare; si impegnano per ore e ore a confezionare oggetti votivi consacrati al suo culto; traggono lezioni dalle sue partite per affrontare gli alti e bassi della vita quotidiana. Addirittura leggendaria è la tradizione della busta rossa,

Federer è un punto di riferimento nella vita di tante persone. L'ammirazione di cui è oggetto sconfina talvolta in un culto quasi mistico.

che risale già al 2003, cioè all'epoca della prima vittoria a Wimbledon: da allora, prima di ogni Grande Slam e di altri tornei importanti, lo zoccolo duro della sua base di ammiratori gli consegna una busta piena di bigliettini sui quali i fan hanno scritto i propri auguri. Per i cultori è un sommo privilegio venire scelti come corrieri, e quindi fare la posta a Federer agli allenamenti pre-torneo in attesa del momento propizio per trasmettergli quei messaggi, che spesso superano il centinaio.

Chi vuole sentire il cuore pulsante del mondo che ruota intorno al tennis non ha che da accamparsi nei pressi di Wimbledon Park nel mese di luglio, nei giorni degli «All England Championships», per trascorrere la notte in coda davanti alla biglietteria nella speranza di conquistare un posto sugli spalti. E quale modo migliore per ingannare il tempo dell'attesa che scambiare quattro chiacchiere su Federer con il vicino di tenda? Non ci vuole molto per capire che non tutti i fan che inalberano la bandiera svizzera, indossano una maglietta con la croce elvetica oppure un cappellino da baseball con le iniziali R.F. sono svizzeri. Gli *aficionados* di Roger Federer vengono da Calcutta, da Shanghai, da Melbourne, da Dubai, dal Tennessee, oltre che, naturalmente, da Basilea e da Londra: convergono da tutto il mondo. E ciascuno di loro vi può raccontare del suo colpo di fulmine, del momento in cui ha sentito «click». Quale altro sportivo può vantare dei cultori così impazienti di raccontare la propria passione per lui? Su quali altri campioni sono stati scritti tanti libri i cui autori ragionano per pagine e pagine su quello che provano nei suoi confronti, come capita con il grande virtuoso del tennis?

Federer ha mietuto vittime illustri perfino negli ambienti dell'alta cultura, dove talvolta parlare di sport è considerato un segno di scarsa eleganza. Nel 2017 la grande violinista tedesca Anne-Sophie Mutter ha confidato a un giornalista della «Frankfurter Allgemeine Zeitung»: «Non riesco neppure a immaginare di tifare per un altro tennista vivente. Chi potrebbe preferire un altro a Federer dopo averlo visto in azione? Come resistere alla seduzione di quell'estetica, di quell'eleganza, di un gioco che è in tutto e per tutto poesia?». Nel 2014 la musicista aveva addirittura organizzato il calendario dei suoi concerti in Australia in modo tale da essere sicura di vedere Federer alla finale degli Australian Open a Melbourne. Sennonché, quando si dice la sfortuna, quella volta è uscito in semifinale contro Nadal.

Il fascino del cinque volte sportivo dell'anno è un fenomeno globale, insomma; eppure, al tempo stesso, conserva un che di inconfondibilmente svizzero. Torsten Tomczak, docente di marketing alla prestigiosa Università di San Gallo, ha fatto notare che in tutti gli studi di mercato sul carattere nazionale degli svizzeri, sulla loro «svizzerità», ci si imbatte in attributi che descrivono alla perfezione anche Federer. Federer incarna i valori della modernità, ma anche quelli della Svizzera tradizionale: cosmopolita ma con i piedi per terra, lavoratore, creativo, determinato, fedele alla famiglia, cordiale nei modi ma irriducibile sul campo, affidabile, modesto perfino nel trionfo. Non si può dire che coltivi un atteggiamento di understatement alla maniera del suo rivale Rafael Nadal, ma neppure che non sappia quale differenza passa tra l'autostima e la superbia. Da buon svizzero, inoltre, è neutrale. Federer è un maestro di diplomazia, in pubblico non si sbilancia mai su temi spinosi. Una strategia a dir poco saggia, specialmente oggi che i giornalisti sono più che mai affamati di titoli a effetto da mettere in circolazione sui social media a suon di migliaia di condivisioni.

Probabilmente nessun campione è mai stato intervistato più spesso di Federer. Solo contando i match che ha disputato ai massimi livelli, le conferenze stampa sono state almeno 1400. Chi passa tanto tempo sotto i riflettori non può fingere. O quanto meno non a lungo. A riprova del fatto che Federer sia una persona coerente si può consultare un sondaggio condotto nel 2011 dal Reputation Institute, una società americana. A un campione di 50.000 persone si chiedeva di valutare 54 personalità di statura mondiale nel campo della politica, della cultura, dell'economia e dello sport in base a parametri come l'affetto di cui godevano, la loro rispettabilità e la loro credibilità. Lo svizzero è arrivato secondo alle spalle del Premio Nobel per la pace Nelson Mandela, il presidente sudafricano, scavalcando figure come il Dalai Lama, Barack Obama e Bill Gates. Dal novembre del 2017 Roger Federer è perfino dottore *honoris causa* della Facoltà di Medicina dell'Università di Basilea. Il titolo gli è stato conferito per aver difeso il buon nome di Basilea e della Svizzera in tutto il mondo, per aver offerto un modello positivo a tante persone con la sua carriera di sportivo e per aver aiutato i bambini del Sudafrica con la sua fondazione.

La cosa più stupefacente è che lo stimano perfino i suoi avversari, anche se li batte quasi sempre. Tra il 2004 e il 2017 Federer ha ricevuto per ben tredici volte il Premio Stefan Edberg, assegnato dai tennisti al collega più corretto e leale in campo. Solo nel 2010 l'onore è andato a Nadal. Quel riconoscimento annuale va letto anche come un ringraziamento da parte degli altri assi del tennis per il modo in cui l'esempio di Federer ha cambiato per sempre l'atmosfera del circuito maschile. Un tempo i numeri uno del tennis, giocatori come Pete Sampras o Andre Agassi, tendevano a darsi più arie, esacerbando il clima di rivalità, mentre Federer c'è sempre stato per tutti, giovani o vecchi, talentuosi o meno. Forse anche questo è un tratto da ricondurre alla sua formazione svizzera. Il mondo lo acclama come il re del tennis, ma lui rimane un uomo del popolo: negli spogliatoi e nelle salette riservate allo svago degli atleti si comporta sempre da persona normale, senza pretese, senza ansia da contatto; quando c'è da ridere, ride e scherza insieme agli altri. Il suo atteggiamento disteso ha portato una ventata di umanità nel mondo del professionismo maschile. «Ho sempre pensato che fosse importante trattare con gentilezza i nuovi giocatori, invece di dare loro l'impressione di essere finiti all'inferno» ha dichiarato una volta. «E ho l'impressione che anche Nadal e altri abbiano finito per pensarla come me. Il tennis è uno sport molto duro, ma resta uno sport. Nella vita ci sono molte cose più importanti del tennis».

Essere una persona cordiale e trattare tutti con gentilezza, però, non significa mancare di spina dorsale. Federer è sempre andato per la propria strada senza scendere a compromessi; quando gli è parso necessario ha saputo prendere decisioni difficili. Si è separato da più di un allenatore, ha rinunciato a disputare alcune partite di Coppa Davis e ha saltato un'intera stagione sul rosso. Con la racchetta in mano, poi, non ha pietà per nessuno. Una delle persone che ha fatto più soffrire, in termini sportivi, è Andy Roddick. Si sono affrontati per otto volte nei tornei del Grande Slam e Federer ha sempre vinto: per quattro volte lo ha addirittura sconfitto in finale. Nel 2005, dopo la finale di Wimbledon, Roddick non si è più trattenuto e gli ha detto in faccia: «Non so che cosa darei per odiarti, ma sei troppo gentile, maledizione!».

Pregi di famiglia

A volte un incontro fortuito la dice più lunga di tante parole. Lo dimostra un episodio che vede protagonista Lynette Federer, la madre di Roger. A raccontarlo è l'ex tennista Eric Butorac, specialista del doppio. L'americano, che tra il 2014 e il 2016 è stato presidente del Consiglio dei giocatori dell'ATP, succedendo proprio allo svizzero, non è mai stato un divo dello sport. Soprattutto nel 2006, quando giochicchiava in doppio in tornei di seconda categoria come il Challenger Tour. Nell'ottobre di quell'anno Butorac fa tappa pure allo Swiss Indoors di Basilea, portando con sé anche il proprio allenatore. Non tanto perché creda di avere grandi chance di vittoria in Svizzera, ma perché tiene a veder giocare Roger Federer dal vivo, almeno una volta. Eliminato al secondo turno, si affretta a raggiungere il campo principale insieme all'allenatore: il mattatore locale gioca contro David Ferrer. Mostrando i loro badge riescono a entrare nel palazzetto, ma sulle gradinate non c'è più posto. Un'addetta propone loro di andare a vedere se è rimasto ancora qualcosa nella tribuna degli sponsor, che non è mai al completo. In uno dei palchi riservati, in effetti, ci sono due posti liberi in prima fila. Dopo tre game i due prendono coraggio e si siedono. Gli altri quattro spettatori non sembrano avere nulla in contrario: anzi, la «signora di una certa età», come la chiama Butorac nel suo blog, è addirittura ospitale con i nuovi arrivati. «Si è messa subito a tempestarmi di domande sulla mia carriera nel tennis. Da dove venivo, che racchette usavo, com'ero messo in graduatoria, eccetera».

Ancora tre o quattro game e Butorac riesce finalmente a concentrarsi sulla partita. Del resto è venuto a vedere Federer, non a chiacchierare. Dato che si è intrufolato in una tribuna riservata, però, si sente comunque in dovere di fare conversazione prima di potersi dedicare all'essenziale con la coscienza pulita. Per cui domanda alla signora: «E quindi lei è uno degli sponsor del torneo?». Lei, di rimando: «Ma no, questa non è la tribuna degli sponsor, sono posti privati». Butorac ci rimane male. «Come privati?». La donna spiega: «Sono la mamma di Roger. Questo è il suo papà, questa sua sorella, questo è il suo manager». Lo specialista del doppio è mortificato, non era sua intenzione imbucarsi in un palco riservato alla famiglia e occupare due posti così esclusivi. Eppure Lynette Federer continua a chiacchierare con lui, senza perdere il buonumore. «Lo conosce Roger? Siete amici?». A quel punto si intromette anche il padre, ma l'intruso, imbarazzato, non è più molto loquace: all'improvviso si sente a disagio. Non vede l'ora che finisca la partita, talmente la sua posizione gli pare insostenibile. «E invece è stata la più lunga tra le vittorie in due set alle quali io abbia mai assistito, almeno con Federer in campo». Butorac si sente come un ragazzino sorpreso a rubare la marmellata. Al termine della partita sparisce senza cerimonie per evitare di incontrare anche Federer in persona. Non avrebbe mai più dimenticato quella sera. Era un perfetto sconosciuto, un signor nessuno, eppure nel palco dei Federer lo avevano trattato come un vecchio amico.

A distanza di due anni, agli U.S. Open, mentre fa i bagagli per togliere il disturbo dopo aver perso al doppio misto, l'allora allenatore di Federer, José Higueras, gli domanda se stia già andando via. L'americano annuisce.

«Peccato, stavo giusto cercando un giocatore mancino per fare allenamento con Roger domani mattina». Un'opportunità che Butorac non intende lasciarsi sfuggire: «Ma no, che sbadato, le ho detto che stavo andando via? Volevo dire che riparto domani». E così conosce Federer di persona. Più tardi, nella veste di vicepresidente del Consiglio dei giocatori, diventerà anche suo amico. Ha detto dello svizzero: «Tratta con una modestia ineccepibile perfino il più invadente e antipatico degli sponsor o dei fan. Alcuni pensano che sia tutta scena, che reciti una parte per le telecamere, ma non è assolutamente così». Quante volte gli hanno domandato se Federer sia davvero così gentile come sembra. E lui, ogni volta: no, è molto più gentile di così! E sa anche da chi ha preso. Dai suoi genitori. Anzi, i tratti caratteriali che Federer deve alla sua famiglia sono molti. Un cosmopolitismo radicato nel territorio. Un'assoluta coerenza. Lealtà. Spiccato senso della famiglia. Senso dell'umorismo. Socievolezza.

Lynette e Robert Federer sono cresciuti a oltre dodicimila chilometri di distanza: lei a Kempton Park, una grande città del Sudafrica, non lontana da Johannesburg; lui a Berneck, nel distretto di Rheintal, nel Canton San Gallo. Nel municipio dell'idillico Comune, che oggi non conta più di quattromila abitanti, si può ammirare il busto di un Federer: Heinrich. Anche il poeta (1866-1928), come il tennista, è nato a Berneck, ma non ci è vissuto. Esaminando di profilo il busto esposto al municipio, con il suo caratteristico naso, viene da pensare che i due personaggi abbiano avuto molte più cose in comune del solo cognome. Robert Federer è cresciuto in una delle più antiche abitazioni di Berneck, e da ragazzo andava in campagna per aiutare con i lavori agricoli. Studia da perito chimico nella vicina Widnau, nei laboratori della Viscosuisse, uno stabilimento (oggi chiuso) che produceva fibre chimiche, e dove suo padre lavorava come operaio.

Quasi subito, però, decide di andarsene. Dapprima si trasferisce a Basilea, dove viene ingaggiato dalla Ciba, poi, quando compie ventiquattro anni, parte alla scoperta del mondo e arriva in Sudafrica, in uno stabilimento distaccato del gigante svizzero della chimica. Nel 1970, alla mensa della Ciba di Kempton Park, conosce la diciottenne Lynette Durand, impiegata dell'azienda. I due si innamorano e si mettono insieme. Lynette, la più giovane di quattro fratelli, sognava di trasferirsi in Inghilterra, e invece nel 1973 si stabilisce a Basilea insieme a Robert, che sposa. I due continuano a lavorare per la stessa azienda, che ora si chiama Ciba-Geigy. Nel 1979 hanno una figlia, Diana; l'8 agosto 1981 nasce Roger.

Lynette Federer è cresciuta in una famiglia cosmopolita. Il nome e il cognome sono francesi, ma le radici sono tedesche e olandesi. In casa parlavano afrikaans, ma i genitori l'avevano iscritta a una scuola di lingua inglese, per cui ancora oggi Lynette si esprime con un impeccabile accento britannico. A Basilea non tarda a imparare anche lo svizzero tedesco, il che facilita molto la sua integrazione. Anche Roger Federer, più avanti, si farà notare per il suo plurilinguismo. Suo padre Robert, invece, non ha mai perso l'accento del Rheintal, pur avendo lasciato Berneck da una buona cinquantina d'anni. Federer non è il solo asso dello sport a nascere da un mix di culture, e probabilmente questo non è un caso. Se qualcuno avesse voluto creare a tavolino l'atleta perfetto, però, non avrebbe mai scelto come genitori Lynette e Robert Federer. Sono entrambi di bassa statura e nessuno dei due si è mai distinto nell'attività fisica. In compenso rilevano molto presto l'eccezionale capacità di coordinazione di loro figlio, che a undici mesi sa già correre, come racconta Lynette in un'intervista alla «Basler Zeitung» in occasione del trentesimo compleanno di Federer. Forse anche per via dei «piedoni enormi»

I tratti caratteriali che Federer deve alla sua famiglia sono molti. Un cosmopolitismo radicato nel territorio. Un'assoluta coerenza. Lealtà. Spiccato senso della famiglia. Senso dell'umorismo. Socievolezza.

che ha già alla nascita. «Ha imparato praticamente subito a giocare a calcio e ad acchiappare la palla» racconta Robert. «Abbiamo sempre giocato con lui: a calcio, a ping-pong, più tardi a squash. Esistono ancora delle foto in cui spunta appena dal bordo del tavolo da ping-pong». Lynette aggiunge: «In cortile tenevamo palle e palline. Lui le rimandava sempre indietro, senza esitare, mentre gli altri bambini sparavano colpi a caso».

Una volta gli hanno domandato in che modo la sua famiglia avesse segnato la sua vocazione. Federer ha risposto: «Per quanto riguarda il tennis, non saprei dire, perché sia mio padre che mia madre hanno imparato a giocare relativamente tardi. E si vede. Forse un certo gusto per l'esercizio fisico. Da giovane mia madre giocava a hockey su prato e studiava danza classica. E mio padre? Usciva a camminare per l'Appenzello. No, credo che la mia famiglia fosse perfettamente normale». Lynette è quella più dotata per lo sport. Da adolescente, in Sudafrica, è arrivata alle selezioni regionali di hockey su prato. Poi ha smesso per i troppi colpi alle gambe. Da giovane, invece, Robert Federer non aveva molto tempo per lo sport. Ogni tanto giocava a calcio e a diciassette o diciotto anni, prima di partire per il vasto mondo, milita nella squadretta locale di Widnau. Ha scoperto il tennis solo a ventiquattro anni. Quando conosce Lynette, quello sport diventa il loro hobby comune. Dapprima giocano al Club svizzero di Johannesburg; poi, dopo il trasferimento in Svizzera, al campo aziendale della Ciba-Geigy di Allschwil.

L'uno e l'altra hanno cominciato tardi, ma raggiungono comunque un livello più che discreto. Nel 1995, pur avendo impugnato per la prima volta una racchetta solo all'età di diciannove anni, Lynette riesce addirittura a vincere il campionato svizzero nella categoria «giovani senior» (dai trent'anni in su) insieme alle compagne del circolo tennistico Old Boys di Basilea. Si dice che avesse «uno slice assassino». Un colpo scritto nei geni, a quanto pare. E a proposito di genetica: «La passione dell'eccellenza gli viene da me, credo» ha ipotizzato la madre di Roger. «Sul campo ero molto competitiva, ho sempre giocato per battere l'avversario. Non lo lasciavo vincere neppure quando era piccolo. Neppure quando giocavamo a calcio dopo pranzo nel corridoio della cucina, ai tempi della scuola elementare. Abbiamo sempre fatto sul serio, senza sconti. Ogni giorno era una lotta senza esclusione di colpi». Competitiva, sì, ma sempre corretta e leale, un altro carattere che Roger ha ereditato.

Semplificando ed esagerando un po', si potrebbe dire che la voglia di vincere l'ha presa dalla madre, mentre il padre gli ha insegnato a mantenere la testa sulle spalle. Il che non significa che Robert sia un uomo impassibile. Dopo tanti anni e tante vittorie è ancora capace di emozionarsi come un ragazzino quando suo figlio sfodera il suo rovescio. Anche per questo Lynette e Robert preferiscono sedere a una certa distanza in tribuna quando gioca Roger. Siedono vicini solo nel Royal Box del campo centrale di Wimbledon, quando non si può fare altrimenti. Lynette non sopporta di sentire borbottare suo marito nei momenti critici del match, quando è molto tesa anche lei. Federer ha detto dei genitori: «Mio padre è duro fuori e tenero dentro. Mia madre è una persona più equilibrata».

In un primo tempo è proprio Lynette ad accompagnare Roger a tennis. Più tardi, invece, sarà soprattutto Robert a sostenere la carriera sportiva del figlio. Lynette dirige il programma giovanile del Tennis club della Ciba, ma si guarda bene dal pretendere di dare lezioni al piccolo Roger. I genitori scommettono fin dall'inizio su allenatori esperti e rinunciano a mettere il becco nella sua formazione. Si limitano a fare in modo che il ragazzo si dedichi al suo hobby con la necessaria costanza. Federer racconta: «Mio padre mi diceva spesso: "Se quando giochi a tennis ti diverti è una bella cosa, però, quando ti alleni, allenati sul serio, perché farti studiare ci costa molto caro". Anche mia madre la pensava così, ma si esprimeva in modo più indiretto». Quando Roger ha tra i tredici e i diciassette anni, i suoi genitori investono ogni anno circa 30.000 franchi svizzeri nella sua formazione tennistica. Una bella sommetta. Per raccogliere i fondi necessari sua madre Lynette, che lavorava a mezza giornata, porta le ore all'80%. Quando nel 1995 Robert Federer riceve un'allettante proposta di lavoro in Australia, la famiglia, invece di emigrare, decide di restare in Svizzera per offrire a Roger le condizioni di allenamento migliori.

Nonostante tutti quei sacrifici, i Federer non mettono pressioni al figlio perché vinca a tutti i costi. È lui stesso, a quattordici anni, a decidere di frequentare l'Accademia di alta formazione sportiva di Ecublens, trasferendosi lontano da casa e dagli amici, in una regione di lingua francese. I genitori hanno sempre educato i loro figli all'indipendenza, e si vede. Non potevano fare diversamente, come spiega Lynette, perché Robert si tratteneva spesso all'estero per lavoro, i nonni vivevano in Svizzera orientale e la famiglia di Lynette era rimasta in Sudafrica. I ragazzi imparano fin da piccoli ad andare a scuola e agli allenamenti da soli, in bicicletta. Quelle precoci responsabilità lasciano il segno sul carattere di Roger, anche su quello del futuro atleta professionista. Non è tipo da temere le decisioni nette, né sul campo, né fuori. Non lo si vede mai guardare con gli occhi lucidi verso il punto in cui siede l'allenatore, in attesa di segnali capaci di raddrizzare il gioco. Le soluzioni se le cerca da sé.

Federer si emancipa presto dai genitori, ma il rapporto rimane intimo e caloroso. Il padre e la madre seguono molto da vicino i suoi primi passi nel professionismo.

Nel 2003, quando interrompe la sua collaborazione con IMG, il gigante statunitense del management, Federer decide addirittura di affidare per qualche tempo alla sua famiglia la gestione della propria carriera. Lynette lascia la Ciba dopo trentatré anni di onorato servizio per dedicarsi a tempo pieno al figlio, che nel 2005 sceglie di tornare con la IMG, ma avendo collezionato nel frattempo sei Slam. Ancora oggi i genitori di Federer sono parte integrante delle attività del figlio: tra le altre cose siedono nel consiglio di amministrazione della Roger Federer Foundation e lo aiutano a rispondere alle lettere dei fan. Il fatto che lui ami portarli con sé quando disputa un torneo dimostra che per molti versi hanno lavorato bene. «L'orgoglio dei miei genitori è una grande fonte di energia» ha dichiarato: «E sono felice che faccia loro piacere seguirmi in trasferta quando gioco». Suo padre Robert ha detto: «Il calore del pubblico nei suoi confronti è il più grande complimento che possiamo ricevere. Lo accolgono bene perfino quando gioca in Francia contro Gaël Monfils o in Inghilterra contro Andy Murray. Anche per questo mi piace prendere posto cinque minuti prima che entri lui».

Suo padre è ancora molto nervoso sugli spalti, ma per fortuna è riuscito a superare la vecchia superstizione che lo affliggeva: a un certo punto si era convinto di portare sfortuna a suo figlio. Nel 2002, a Wimbledon, era presente quando Roger veniva annientato alla prima partita da Mario Ančić, e per due anni, da quella volta, si è mantenuto a debita distanza dall'«All England Club». E così nel 2003 si è perso anche il primo trionfo londinese di Roger. Al telefono, intervistato da un giornalista del «Sun», il tabloid britannico, ha spiegato che qualcuno doveva pur restare a casa per dare da mangiare ai gatti. È impossibile non cercare di figurarsi il sorrisetto che dev'essere passato sul suo viso inconfondibile quando ha rifilato all'esterrefatto reporter quella piccola bugia di circostanza.

È nata una stella

Quel giorno, il 30 giugno 2003, i nuvoloni incombono bassi sull'erba dell'«All England Lawn Tennis and Croquet Club», come a simboleggiare le avversità che attendono Roger Federer durante la partita degli ottavi di finale contro Feliciano López. Il giovane svizzero di Basilea, che a Wimbledon, nel sud-est di Londra, è deciso a consacrare il suo immenso talento e a mantenere la promessa fatta nel 2001 con la sua vittoria a sorpresa contro Pete Sampras, inizia ad accusare delle fitte alla schiena già durante il riscaldamento. Chi ha mai preso in mano la racchetta sa bene che in questo sport, fatto di continue rotazioni ed estensioni della colonna vertebrale, non c'è nulla di più fastidioso del mal di schiena. Se solo ricominciasse a piovere! si sorprende a pensare Federer. Se l'inizio del match venisse posticipato, lui potrebbe tornare negli spogliatoi, farsi massaggiare, prendere un antidolorifico e aspettare che inizi a fare effetto. Ma del clima inglese non c'è da fidarsi in quella tetra giornata di giugno. Non cade una goccia.

Quel dramma dello sport va in scena sul campo 2, tristemente noto come il «cimitero dei campioni». Molti, moltissimi fuoriclasse hanno abbandonato quel piccolo terreno dall'atmosfera intima con le lacrime agli occhi. Solo l'anno precedente la carriera di Sampras a Wimbledon si è arenata proprio su quell'erba. E contro George Bastl, un giocatore universitario venuto dalla piccola località termale svizzera di Villars-sur-Ollon, che non aveva neppure passato le qualificazioni al torneo, ma che, ripescato quando si era liberato un posto, aveva finito per sconfiggere il sette volte campione. Nessuno avrebbe mai augurato a Sampras un'uscita di scena così ingloriosa nel teatro di tanti trionfi. Nelle pause, seduto sulla sua sedia, leggeva e rileggeva in continuazione una lettera di sua moglie Bridgette, che gli aveva scritto delle parole d'incoraggiamento. Non era servito a nulla. E ora il «cimitero» sembrava pronto a inghiottire un'altra vittima di riguardo.

Moltissimi erano impazienti di vedere il giovane svizzero dalla coda di cavallo e dal gioco elegante affermarsi ai massimi livelli mondiali. Tramontata l'era dei Pete Sampras e degli Andre Agassi, il tennis aveva un disperato bisogno di nuove star. Non per nulla il tour maschile era accompagnato da una campagna promozionale il cui slogan era: «New Balls, Please!». Sul manifesto, accanto ad altre giovani promesse del tennis come Andy Roddick, Lleyton Hewitt, Marat Safin o Juan Carlos Ferrero, si vede Federer intento a squadrare l'avversario con spaventosa determinazione. Eppure il giovane virtuoso non sembra tagliato per i tornei del Grande Slam. In tre delle ultime cinque partenze è uscito al primo turno. Solo un paio di settimane prima, a Parigi, ha perso contro il peruviano Luis Horna, numero 88 nel ranking mondiale. Federer è sembrato molto legnoso in campo. Il quotidiano sportivo francese «L'Équipe» scrive: «Veniva voglia di scendere dalle tribune e dargli una bella scrollata per strapparlo al mondo dei sogni».

Forse in quei momenti d'inquietudine sul campo 2 di Wimbledon sta ripensando a quella fresca delusione? Quando al termine di soli due game contro López è costretto a fare intervenire il fisioterapista direttamente sul prato, gli spettatori mormorano. Continuerà a giocare oppure no? Durante quella pausa, che dura cinque minuti, il ventunenne si prepara a gettare la spugna. Poi, però, cambia idea. Lo aiuta il fatto che l'avversario, di statura imponente, con i suoi capelli lunghi, fa pensare a un gladiatore dell'antica Roma: forte ma dotato di un gioco molto meno intelligente del suo. Lo spagnolo, mancino, non vede l'ora di sfruttare a fondo i limiti di Federer; è frettoloso, sembra impaziente di concludere, invece di ingaggiare lunghi duelli con il suo malconcio avversario. In battuta Federer è costretto a moderarsi, la pallina non oltrepassa i dieci chilometri all'ora, per risparmiare la schiena, ma il servizio non sembra preoccuparlo più di tanto. Vince con un piccolo margine, ma se la cava egregiamente in tre set. Il suo allenatore svedese, Peter Lundgren, può tirare un sospiro di sollievo. A distanza di soli sei giorni, portato in trionfo come vincitore del torneo, Federer racconterà come si era sentito davvero nella partita contro López: «Avevo questi dolori tremendi, non riuscivo a battere, non riuscivo più a rispondere ai colpi. Mi faceva talmente male la schiena che non potevo più neppure stare seduto. Allora ho fatto venire il fisioterapista, che mi ha dato un antidolorifico e mi ha spalmato qualcosa per scaldarmi. Intanto mi sono detto: se va avanti così ancora per un paio di game e quello mi fa nero, non vale più la pena continuare. Eppure, in qualche modo, sono riuscito a restare in partita, e allora le cose sono un po' migliorate».

In quella burrascosa giornata di ottavi di finale la sua vittoria a Church Road non fa neppure notizia, ma per Federer è un gigantesco passo avanti. Il mercoledì il clima britannico gioca uno dei suoi scherzi e il suo quarto di finale viene rimandato all'indomani: una benedizione per la schiena di Federer, ma anche per il suo avversario, dal momento che Sjeng Schalken, costretto a operarsi per un ematoma al piede sinistro, riesce a malapena a camminare. Due giorni di pausa e un'iniezione di antalgico non bastano, però, a salvare l'olandese: in campo contro Federer appare esitante, non ha speranze di vincere. E così, all'improvviso, soltanto due vittorie separano lo svizzero dal suo primo trionfo in un torneo del Grande Slam. A distanza di anni Federer confesserà che per molto tempo l'idea di dover vincere sette partite consecutive in tre set lo aveva bloccato psicologicamente, rendendogli più difficile competere per titoli importanti in piazze come Melbourne, Parigi, Londra e New York. Ogni volta gli sembrava di dover scalare una montagna, e la sola idea gli dava le vertigini.

E ora, all'improvviso, la vetta è a portata di mano. I dolori alla schiena scompaiono come per magia, dei dubbi non rimane traccia. Nell'imminenza della semifinale contro Andy Roddick non sembra preoccuparlo neppure il temuto servizio dell'americano, capace di sparare la pallina a oltre 200 chilometri l'ora. «Questo non vuol dire che metterà a segno 200 ace» commenta. Il duello tra le due giovani promesse gli regala una giornata campale. Roddick non crede ai propri occhi: al suo avversario sembra riuscire qualunque cosa. Inizia a prendersela con la sfortuna, si demoralizza e finisce per cercare rifugio nello humour nero. Federer, intanto, riesce a piazzare i suoi colpi al volo con esattezza millimetrica, è sempre mentalmente in anticipo di una mossa e imbrocca l'angolo ogni volta che Roddick serve la palla. I numeri sono i peggiori nella carriera del giovane sfidante di Omaha, Nebraska: in tre set Federer mette a segno diciassette ace, contro i suoi quattro. Roddick si ritrova a perdere anche degli scambi in cui aveva l'impressione di giocare al massimo, come lui stesso commenta incredulo.

L'allenatore Peter Lundgren, che fino a quel momento ha giudicato con severità le prestazioni di Federer all'«All England Club», inizia a parlare con fervore del suo protetto. «Non l'ho mai visto giocare così bene» sostiene lo svedese. Boris Becker, telecronista per la BBC, è fuori di sé per l'entusiasmo: «Tutti i ragazzini che vogliono imparare a giocare a tennis farebbero meglio a guardare Federer. Sta riscrivendo le regole del gioco. Abbiamo appena assistito all'ora zero di una nuova era tennistica». Le sfide, però, non finiscono qui: rimane una partita, la finale contro Mark Philippoussis. Il ventiseienne australiano è tornato prepotentemente alla ribalta dopo tre operazioni al ginocchio (in un caso è dovuto addirittura rimanere in sedia a rotelle per due mesi e mezzo). Sui campi di Wimbledon, forte del suo metro e novantatré, il colosso, soprannominato «Scud» come i missili balistici, ha sconfitto tra gli altri Andre Agassi, il numero uno. Eppure, dopo la sua vittoria su Roddick, Federer è dato come il grande favorito nella partita di tutte le partite.

La data del 6 luglio 2003 è scritta a caratteri d'oro nella storia dello sport svizzero. L'«Harry Potter del tennis» (come lo ha soprannominato il «Times») agita la sua bacchetta, e l'incantesimo dura meno di due ore. Al termine dell'impresa – 7-6, 6-2, 7-6 – Federer cade in ginocchio e guarda verso la tribuna dove siedono la sua compagna Mirka Vavrinec e il suo allenatore Lundgren. Durante la partita è sempre riuscito a mantenere sotto controllo i nervi e l'avversario, ma ora si lascia travolgere dall'emozione. Mentre attende la cerimonia di premiazione seduto sulla sua panchina, rendendosi conto solo a poco a poco di quello che ha appena fatto, per la prima volta piange. Stringendo il trofeo dorato tra le braccia, con delicatezza, come se fosse un bambino, affronta con coraggio il fuoco di fila delle interviste. Le sue parole e i suoi pensieri sono confusi e disordinati, oscilla tra la superbia e la commozione. Quando in un momento di trasporto ammette di riguardare con piacere le proprie partite, gli sfugge un sorrisetto compiaciuto. Finché non scoppia di nuovo a piangere, e con lui piangono molti degli spettatori – a Wimbledon e di fronte al televisore.

«It's Roger Blubberer» titola impietoso il «Daily Mirror» del giorno dopo: Federer il Frignone. Il «Daily Record» di Glasgow lo sfotte: «Di fronte a quel profluvio di lacrime gli inservienti del sacro campo di Wimbledon si chiedevano se non fosse il caso di montare i teloni impermeabili». Le testate più serie hanno parole ricercate per il trionfo del giovane svizzero. Per esempio John Parsons, uno dei veterani del giornalismo tennistico, scrive sul «Daily Telegraph»: «Prendete il temperamento glaciale dimostrato a Wimbledon da Björn Borg, aggiungete l'elegante gioco al volo di Stefan Edberg, mescolatelo con il servizio autorevole di un Pete Sampras e con l'impeccabile colpo di racchetta di un Andre Agassi, e vi farete un'idea del nuovo fuoriclasse incoronato a Wimbledon: Roger Federer, che potrebbe diventare un autentico gigante tra i campioni». Il quotidiano sportivo di Parigi, «L'Équipe», che qualche settimana prima non lo aveva risparmiato, si estasia: «Dotato di un talento eccezionale e di una semplicità che mette di buon umore, Federer è l'ambasciatore ideale del bel gioco. Il successo di questo artista, di questo giovanotto modello, è la cosa più bella che sia capitata al tennis maschile in questi anni turbolenti. Sampras può ritirarsi in pace: la sua eredità è in buone mani». Parole profetiche.

Dopo il Champion's Dinner offerto nell'aristocratico Savoy, l'hotel a cinque stelle, e dopo una breve nottata di riposo, Federer torna a ricevere i cronisti il lunedì mattina nel giardino della casa che ha preso in affitto a Wimbledon, al 10 di Lake Road, a pochi minuti in auto dall'«All England Club». È come in posa, il tavolino coperto di giornali che decantano la sua impresa, ma sembra straordinariamente rilassato.

Subito dopo la finale, invece, si era sentito ben poco disinvolto, racconta. «Dopo la cerimonia sono rientrato negli spogliatoi, totalmente esaurito. Ero talmente teso che avevo i muscoli tutti rigidi». Poi inizia a parlare con una saggezza che non ci si attende da un giovane uomo di ventun anni: «Chi vince resta, chi perde se ne va. Il vincitore e lo sconfitto sono così vicini nello spazio, eppure sono tanto diversi. Il vero campione è quello che vince. Magari, detto così, può sembrare un po' arrogante da parte mia, visto che ho appena vinto Wimbledon, ma le cose stanno così. Volevo vincere e non ho permesso all'avversario di farlo al posto mio».

A quel punto spiega perché la sua maturazione da promessa a campione ha richiesto un po' più di tempo: «Prima ho dovuto trovare me stesso, per me era importante. Sentirmi bene dentro. Come atleta, come persona... sono il tipo che ha bisogno di passare per quelle cose lì. Un Hewitt o un Safin erano mentalmente più solidi fin da giovanissimi. Io ci ho messo un po' di più». Sapeva bene che vincere a Wimbledon significa iniziare una nuova vita, una vita da celebrità. Per lui andava bene così. «Sono nato sotto il segno del Leone, come Pete Sampras. Ai leoni piace stare al centro dell'attenzione. Sono tranquillo, la posso gestire. Per fortuna in Svizzera i paparazzi non sono agguerriti come i vostri in Inghilterra».

Il giorno stesso rientra a Gstaad, nell'Oberland bernese, a bordo di un jet privato. Un torneo sulla terra rossa a 1050 metri di quota è l'ultima cosa di cui il suo corpo spossato ha bisogno, ma Federer non vuole deludere Jacques Hermenjat, detto «Köbi», che nel 1998, in via eccezionale, aveva consentito al sedicenne di prendere parte al suo primo torneo da professionista. Il martedì Hermenjat sorprende il neocampione con un sontuoso regalo da ottocento chili: una vacca da latte di razza Simmental, Juliette. L'immagine della strana coppia fa il giro del mondo.

L'idea di premiare Federer con una vacca era talmente svizzera da reggere il confronto con il peana che il «Times» di Londra aveva dedicato a Federer e al suo paese dopo il trionfo alla finale. Un ironico *tour d'horizon* che inanellava tutti i possibili cliché, senza dimenticare neppure le prodezze di Bertrand Piccard in mongolfiera e la recente zampata dello yacht svizzero Alinghi all'America's Cup: «Fiato ai corni alpini, avanti gli orologi a cucù, mano al Toblerone, e che lo yodel annunci di vetta in vetta la lieta novella. La vittoria di Roger Federer a Wimbledon ha dimostrato che la Svizzera è un paese di eroi dello sport, un paese dove i giganti spuntano dagli alpeggi per solcare i mari, fare il giro del mondo in pallone e tendere il busto sull'erba dei campi da tennis per conquistare la gloria. I ragazzi e le ragazze che un tempo trionfavano negli sport invernali, sul bob e sugli sci, sono ormai lontani dagli orizzonti innevati del loro paese senza sbocco sul mare».

«Dotato di un talento eccezionale
e di una semplicità che mette
di buon umore, Federer è l'amb
sciatore ideale del bel gioco.
Il successo di questo artista, di
questo giovanotto modello, è la
cosa più bella che sia capitata
al tennis maschile in questi anni
turbolenti».

«L'Équipe», 7 luglio 2003

La testa calda si riscopre zen

Il tennis è uno sport semplice. Tranne quando lo si gioca. Perché sul campo ci si espone a frustrazioni tremende. Per tutto il tempo occorre decidere e improvvisare nel giro di qualche frazione di secondo. C'è sempre qualcosa che va storto. E tra uno scambio e l'altro, tra un game e l'altro, il tempo basta e avanza per ruminare sulle cose che sarebbe stato meglio fare diversamente. Chi tende alla perfezione, come il giovane Roger Federer, si scontra in modo inevitabile con le proprie ambizioni. La rabbia si accumula e deve liberarsi in qualche modo. Per loro fortuna i tennisti, per l'appunto, hanno sempre una racchetta in pugno, ed è con quella che danno libero sfogo alla loro stizza.

Addirittura leggendaria è la storia di Federer adolescente che all'Accademia tennistica nazionale di Bienne sforacchia il tendone, appena installato, che serviva a separare i campi. «Era talmente spesso che mi sono detto: "Sì, figuriamoci se riesco a bucarlo!"» racconta il reo nel documentario televisivo *Replay*, senza scomporsi più di tanto. «Eppure di lì a dieci minuti faccio partire la bomba: vedo la racchetta vorticare per aria come le pale di un elicottero e perforare la tenda, neanche fosse stata un coltello nel burro. Tutti gli altri smettono di giocare e mi guardano. E io mi dico: "No, non può essere!"». Federer raccatta le sue cose e se ne va – tanto lo avrebbero cacciato comunque. I giovani tennisti erano stati esplicitamente invitati a non danneggiare il nuovo tendone. Per punizione gli tocca alzarsi all'alba per una settimana e pulire i bagni, passare l'aspirapolvere negli uffici e preparare i campi dalle sei alle sette del mattino. Per Federer, tutt'altro che mattiniero e all'epoca ancora digiuno delle gravi responsabilità della vita adulta, che si assumerà solo più tardi come padre di famiglia, è un castigo coi fiocchi.

Già il suo primo allenatore, Adolf «Seppli» Kacovsky, cittadino ceco in esilio, è costretto a fare i conti con il temperamento esuberante del giovane tennista di Basilea. E il giornalista René Stauffer, che conosce Federer fin dai suoi esordi, ricorda nella sua biografia *Il genio del tennis* l'impressione indimenticabile che il talentoso under 18 gli ha lasciato in occasione del loro primo incontro, alla World Youth Cup di Zurigo, quando Federer aveva solo quindici anni. Non solo il talento è subito evidente, ma colpiscono anche i modi scomposti e incontrollati che l'atleta si concede tra gli scambi: «Faceva balonzolare la racchetta nella mano, correva in continuazione da un capo all'altro del terreno, parlottava tra sé e sé, senza tacere un solo istante, o per meglio dire si insultava da solo. "Duubel" ringhiava con il suo accento di Basilea quando una palla finiva fuori di qualche millimetro. A volte si criticava perfino dopo avere strappato un punto, magari perché si sentiva insoddisfatto del colpo. Sembrava non accorgersi neppure di quello che succedeva intorno a lui».

I suoi genitori sono spesso in imbarazzo per lui. «Non ce la siamo mai presa con Roger per una partita persa» ha ricordato sua madre Lynette, «ma lo abbiamo spesso rimproverato per come si comportava in campo». Nel 2016 Federer ha raccontato un episodio risalente a quell'epoca. Suo padre Robert, seccato per i suoi continui scoppi d'ira, ha piantato una partita a metà. «Mi ha detto: "Sono stufo di giocare con te". Ha posato una moneta da cinque franchi sulla panchina e mi ha salutato con queste parole: “Io vado, ci vediamo a casa”. Non riuscivo a credere che mi avesse davvero piantato lì così, perché dal campo a casa nostra erano 45 minuti in autobus. Ho aspettato per un'ora intera che tornasse a prendermi. Non si è più visto. Sono uscito nel parcheggio e la nostra auto non c'era più. Allora ho capito che se n'era andato sul serio». In un'altra occasione, rincasando da un torneo giovanile, Robert ha fermato l'auto su un passo di montagna: Roger era talmente fuori di sé per come aveva giocato che suo padre, per raffreddarne i bollenti spiriti, lo ha trascinato fuori dall'auto e gli ha infilato la testa in un mucchio di neve.

Sua madre Lynette gli ripeteva sempre: «Comportarsi così vuol dire invitare l'avversario a nozze. È come dire: “Oggi sono vulnerabile, puoi vincere”». Eppure, in un primo tempo, quelle parole e quelle dure lezioni di vita non sortiscono grandi risultati. Anche nei primi anni da professionista Federer si fa notare per le sue escandescenze. Nel 2000, agli ottavi di finale del Roland Garros, quando perde in tre set contro il grande favorito, lo spagnolo Alex Corretja, scaraventa via la racchetta quattro volte nel giro di pochi minuti. Quella prodezza non poteva che venire immortalata in un video che circola ancora su YouTube. Nel 2001, a Roma, contro un altro giocatore che non brillava per il self control, Marat Safin, Federer sembra fare a gara con il russo nel martoriare gli strumenti del mestiere. Nell'intervallo dopo il secondo set vengono riproposti alcuni momenti del match: Federer alza gli occhi verso il maxischermo e si accorge che non si tratta di un replay delle azioni migliori, ma di un'antologia degli scatti d'ira delle due proverbiali teste calde. «Si vedeva lui che si arrabbiava, io che mi arrabbiavo. Poi lui, poi io, poi lui, poi io» ricorda in un volume celebrativo sulla storia del tennis svizzero. E prosegue: «Ci sono rimasto malissimo. Mi sono detto: "Così non può continuare". Più i campi diventavano prestigiosi, più mi rendevo conto che il rispetto e il decoro in partita sono importanti. Si vede che certe cose uno deve impararle a proprie spese».

Tra i diciassette e i diciannove anni si fa seguire da Christian Marcolli, uno psicologo specializzato nello sport. All'epoca Federer è ancora incontenibile e incontrollato, eppure già allora Marcolli constatava che il fuoriclasse in erba era straordinario anche dal punto di vista emotivo. Da un lato proprio per la passione con cui praticava il suo sport: perdere gli risultava insopportabile, e quel dolore era un incentivo a fare tutto ciò che era umanamente in suo potere per minimizzare il rischio di venire sconfitto. Dall'altro perché sapeva imparare al volo: la velocità con la quale riusciva ad assimilare e tradurre in pratica nuove informazioni era strabiliante, ricorda lo specialista. Federer non è mai entrato nel merito delle sue sedute con Christian Marcolli, ma nel 2009, durante una conferenza stampa in occasione del torneo di Montecarlo, ha accennato brevemente a quell'esperienza: «Abbiamo lavorato soprattutto sulla gestione degli impulsi aggressivi» ha spiegato. È stata la prima e ultima volta che Federer ha avuto bisogno di rivolgersi a uno psicologo: «Ho capito quasi subito che il problema riguardava me soltanto. Che non avevo bisogno di sentirmi dire da un altro come dovevo comportarmi. I miei genitori e i miei amici me lo avevano già ripetuto a sufficienza. Stava a me decidere quando ero pronto per sperimentare la nuova versione di Roger Federer, quella più calma».

Molti sono convinti che a far scattare la sua trasformazione in «Mister Cool» sia stata la morte del suo ex allenatore Peter Carter, venuto a mancare il 1 agosto 2002. Lui, però, non ha mai indicato in modo esplicito quel tragico evento, verificatosi una settimana prima del suo ventunesimo compleanno, come un momento di svolta. La metamorfosi era già iniziata da un pezzo. Certe cose non cambiano dall'oggi al domani. Federer ha dovuto innanzitutto scoprire il suo nuovo sé sui campi da tennis. Per qualche tempo è stato addirittura troppo calmo. «Quasi tutti i grandi tennisti hanno un carattere intenso» ha dichiarato una volta Heinz Günthardt, uno dei pionieri del tennis elvetico, nonché l'allenatore che ha fatto la fortuna di Steffi Graf. «Sentire quell'energia è una cosa importante. Serve a mandare avanti l'atleta. Però uno deve imparare a domare il suo fuoco interiore. E sul fatto che in Federer arda un incendio non credo ci sia da discutere. Altrimenti non si spiega una carriera così lunga. Federer è riuscito a fare in modo di tenere sempre accesa la fiamma». Insomma, il punto è capire quando occorre dare libero sfogo alla propria energia e come fare per non bruciarsi.

Per esempio Stan Wawrinka, l'altro tennista svizzero con degli Slam in curriculum, riesce a giocare meglio quando può sciogliere un po' la briglia alla sua rabbia e magari sfasciare una racchetta o spezzarla sul ginocchio. (Attenzione: voi non provateci! Anche in questa peculiare disciplina Wawrinka riesce a fare cose che ai comuni mortali non riescono!). Jimmy Connors aveva preso l'abitudine di parlare con gli spettatori quando non si sentiva in forma, e grazie a questo accorgimento riusciva a ritrovare l'ispirazione. Il grande ribelle John McEnroe aveva bisogno di andare su tutte le furie e se la prendeva soprattutto con l'arbitro o con i guardalinee: solo lasciandosi trasportare dalla stizza raggiungeva lo stato di trance nel quale riusciva a giocare meglio. Per il giovane Federer, però, quell'immensa rabbia è quasi un fattore controproducente, perché non è rivolta contro gli altri, ma contro la propria persona. E chi se la prende con se stesso finisce per giocare peggio, non meglio.

«Da ragazzo ero molto emotivo» ricorda all'inizio del 2018 in occasione della cerimonia di avvio degli Australian Open. «Piangevo per le partite perse, scaraventavo via le racchette, commentavo tutti i colpi sbagliati. Imprecavo, mi davo dell'incapace. Quando ho iniziato a giocare da professionista la pressione è cresciuta ancora: ero deciso a eccellere, e quell'ambizione mi divorava dall'interno. A volte mi dicevo: "Non puoi andare avanti così, così non si fa carriera! Di questo passo a venticinque anni sei da ricovero. Io voglio godermelo, il tennis!". Per fortuna poi sono riuscito a cambiare. Sono felice di avere compiuto questo percorso. Da giovane ero un po' matto, in senso buono».

Più vince, più riesce a calmarsi, a tornare padrone di sé sul campo. E viceversa. L'esame definitivo è proprio Wimbledon, l'edizione del 2003, la prima vittoria di Federer in un torneo del Grande Slam, quando l'atleta si apre la strada verso la gloria a colpi di racchetta come se fosse la cosa più normale del mondo. La sua metamorfosi psicologica è una delle più straordinarie nella storia del tennis: la testa calda che metteva in imbarazzo i genitori si trasforma in un perfetto gentleman dello sport. Le ammonizioni di sua madre Lynette non gli sono arrivate subito, ma alla lunga ha imparato la lezione. E quanto sua madre avesse ragione si è visto quando Federer non ha più consentito ai suoi avversari di sbirciare nel suo intimo: ha imparato a non lasciar trasparire nulla, o al massimo a dare qualche segno di emozione quando mette a segno un punto. È frustrante per chi gioca contro di lui: che cosa non darebbe l'avversario per leggergli in viso come si sente, o per dedurlo dai suoi gesti. Quanto vorrebbe riuscire a farlo arrabbiare.

E invece Federer non si scompone, emana un senso di quieta sicurezza. Affronta le peggiori turbolenze in campo con l'*aplomb* di un pilota esperto che riesce quasi sempre a prendere la decisione giusta al momento giusto, perché ha mantenuto la lucidità. In uno sport mozzafiato come il tennis, nel quale è inevitabile abbandonarsi ai propri istinti, e nel quale bastano due o tre colpi per decidere della vittoria o della sconfitta, il carattere può fare la differenza. Molti sanno che Federer riesce addirittura a dare il meglio di sé quando il punto è importante e delicato. Nelle sue giornate fauste si può stare certi che metterà a segno un ace quando occorre sbloccare uno spareggio. Per anni si è mosso con disinvoltura perfino nelle partite decise all'ultimo. «Roger non è il tipo che si frega da solo» ha dichiarato l'australiano Craig O'Shannessy, esperto di tennis. «Molti si agitano e perdono la lucidità, si rassegnano oppure si lasciano prendere dal panico, e allora giocano in modo forzato. Roger no. E la sua calma gli ha fatto vincere più di una partita».

Insomma, la giovane testa calda si è riscoperta zen, anche se in concreto Federer non ricorre a speciali tecniche di rilassamento. Non pratica lo yoga né il tai-chi, non medita, non si sottopone a sedute di shiatsu. Eppure è un ottimo esempio di quella che si dice *mindfulness*, la capacità di vivere con pienezza il momento presente, senza lasciarsi distrarre da nulla. Un equilibrio interiore che in questo mondo sempre più frenetico farebbe comodo a molti. Un buon esempio della capacità di Federer di concentrarsi sulle cose essenziali è la finale 2003 dell'ATP, in programma per la prima volta quell'anno a Houston: il milionario James McIngvale detto «Mattress Mack», un *self-made man* arricchitosi grazie ai suoi negozi di arredamento, è riuscito a portare il torneo nel giardino di casa. Peccato che le condizioni di gioco offerte dal Westside Tennis Club non siano precisamente ideali. Federer non esita a fare presente che il terreno è irregolare e che gli spazi per l'allenamento risultano inadeguati. Una volta gli tocca perfino allenarsi in un campo senza rete.

Quando McIngvale, che non è abituato a sentir parlare in quel tono, viene a sapere delle critiche dello svizzero, monta su tutte le furie. Si precipita negli spogliatoi e gliene dice di cotte e di crude proprio mentre Federer si prepara ad affrontare Andre Agassi. Lì per lì lo svizzero si scalda; poi, però, prende perfino quella lavata di capo come un ulteriore incentivo a vincere. Batte Agassi, che McIngvale, da buon patriota, avrebbe voluto vedere sul podio, e lo batte per due volte: dapprima alle qualificazioni, poi addirittura in finale. All'uomo dei materassi non resta che stringergli la mano. Chi vince ha sempre ragione, no?

Quando Federer inizia a perdere troppe partite consecutive gli si rimprovera il suo contegno eccessivamente pacato, come se fosse in qualche modo indifferente alla sconfitta. I cronisti sportivi vorrebbero vederlo agitare il pugno a mezz'aria o ringhiare «Come on!». Mats Wilander ha addirittura sostenuto una volta che Federer gli sembra un atleta che ha voglia di giocare, ma non necessariamente di vincere. Lo svedese non è nuovo a questo genere di uscite a effetto, che quasi sempre risultano illuminanti, ma in questo caso prende una cantonata. Nella primavera del 2009 accade l'impensabile: dopo avere sbagliato un dritto, Federer sfascia la racchetta nel corso della semifinale contro Novak Djokovic a Miami. Il pubblico fischia quando lo svizzero corre alla panchina per procurarsi un'altra racchetta. «È così che si comporta il modello dei nostri giovani?» si indigna il tabloid zurighese «Blick». «Un brutto Roger Federer» redarguisce la «Neue Zürcher Zeitung». È la prima volta da cinque anni che sfascia la racchetta in pubblico. Quell'episodio, però, non è l'inizio di una fase regressiva, l'apostolo Paolo non ritorna Saulo: è soltanto una scintilla che mostra quanto sia ancora incandescente il fuoco che arde nel petto di Federer. Anzi, l'eccezione aiuta a ricordare quanto sia insolito vederlo emergere in superficie.

Non pratica lo yoga né il tai-chi, non medita, non si sottopone a sedute di shiatsu. Eppure è un ottimo esempio di quella che si dice *mindfulness*.

È interessante tentare un paragone con Björn Borg, uno dei suoi idoli, nonché capitano del team europeo alla Laver Cup del 2017. Anche Borg, che pure si è meritato il soprannome di «Iceborg» per il suo gioco impassibile sul campo, è stato una testa calda in gioventù. Imprecava, sbatteva la racchetta per terra, barava. Il suo comportamento è talmente inaccettabile che all'età di dodici anni viene squalificato per sei mesi dalla federazione svedese. Perfino il suo circolo locale, a Södertälje, non lo lascia più allenare: una dura esperienza che gli serve di lezione. Più tardi Borg è riuscito a chiudere le sue emozioni sotto chiave, a murarle una volta per tutte. Da quel giorno non lo si è più neppure visto esultare. «Quando scendeva nello spogliatoio non si riusciva mai a indovinare se avesse vinto o perso» ha ricordato il suo rivale di un tempo, Ilie Năstase. «Arrivava, si sfilava i calzoncini e la maglietta FILA, li piegava in buon ordine e correva sotto la doccia».

La differenza è che mentre Borg reprimeva le proprie emozioni, Federer ha imparato a incanalarle. Vengono sempre fuori in un modo o nell'altro dopo le grandi vittorie e le sconfitte più amare, perlopiù sotto forma di lacrime. È proprio grazie a Federer se piangere è oggi una cosa accettabile nel tennis maschile. Dopo aver perso contro di lui alla finale degli Australian Open del 2010, Andy Murray ha improvvisato un discorso intenso e commosso, dicendo: «A piangere come fa Roger sono capace anch'io. Magari fossi altrettanto bravo a giocare a tennis».

Peter Carter non se ne è mai andato. Gli allenatori di Federer

Non è un caso che il gioco di Federer, così classico, così apparentemente senza sforzo, ricordi lo stile di certe vecchie glorie del tennis australiano come Rod Laver o Ken Rosewall. Il suo primissimo coach è stato Adolf «Seppli» Kacovsky, di origine ceca, ma quello che ha definito la sua impostazione è proprio un australiano, originario della Barossa Valley, una zona nota soprattutto per i suoi vitigni (di Syrah, ma non solo): Peter Carter. Roger ha solo nove anni quando sua madre Lynette gli presenta il biondo istruttore di tennis, benvoluto da tutti. Carter, attivo nelle competizioni tra club e allenatore del circolo tennistico Old Boys di Basilea, aveva già adocchiato quel ragazzino irruento. In serata chiama i genitori e dice: «Mi avete messo in mano un gioiello». L'australiano dalle membra sottili vanta una tecnica irreprensibile, ma non è mai riuscito a sfondare nel professionismo: non si è mai spinto oltre il 173° posto in classifica. Intorno ai venticinque anni ripiega sulla carriera di allenatore. Accettando di formare Federer si assume un incarico di grande responsabilità. «Si vedeva subito che Roger aveva un grande talento» avrebbe dichiarato a distanza di un paio d'anni in un'intervista con la «Basler Zeitung»: «Nel giro di pochi mesi sapeva fare di tutto con una pallina e una racchetta. Era un tennista molto giocoso, e in campo teneva soprattutto a divertirsi. A un certo punto mi sono perfino domandato se sarebbe mai riuscito a concentrarsi di più sul gioco. Ci è riuscito eccome, ma solo intorno ai tredici anni».

Federer è praticamente nato per giocare a tennis. In breve il dritto diventa il suo punto di forza e il rovescio a una mano il suo tallone d'Achille. Darren Cahill, che all'epoca era un buon amico di Carter e oggi è uno degli allenatori più quotati del pianeta (ha saputo accompagnare alla vetta Lleyton Hewitt e Andre Agassi, prima di aiutare Simona Halep a conquistare il suo primo Slam), ha ricordato una volta le sue prime impressioni su Federer: Carter, fuori di sé per l'entusiasmo, gli aveva parlato del suo giovane pupillo svizzero, ma quando Cahill aveva visto giocare il tredicenne a Basilea, ne era rimasto deluso. Sì, il ragazzo è veloce di braccio e ha un buon senso della pallina, aveva ammesso, ma non è ancora un giocatore completo. Il suo rovescio, soprattutto, lascia a desiderare. «Allora, che cosa ne pensi?» gli aveva domandato Carter, impaziente. «Non c'è male» aveva risposto Cahill. «Come non c'è male? Tutto qui?». A quel punto Cahill si era messo a stilare un elenco di difetti che penalizzavano il rovescio di Federer. Praticamente lo aveva fatto a pezzi. Carter non si era lasciato demoralizzare: «Va bene, però diventerà un buon giocatore, no?». Cahill riponeva maggiori speranze in un giovane di Adelaide che aveva appena visto giocare. Quando, a distanza di un paio di anni, aveva incrociato di nuovo il cammino di Federer alla World Youth Cup di Zurigo, era proprio con quel giovane che doveva vedersela lo svizzero: Lleyton Hewitt. Cahill era sicuro che Hewitt avrebbe massacrato il rovescio di Federer e lo avrebbe battuto senza sforzo. Sennonché nel frattempo lo svizzero aveva migliorato il colpo in misura esponenziale. Era stato un duello all'ultimo sangue, fatto di bordate e male parole, ma Federer era riuscito a imporsi in tre set. Carter aveva ragione!

Quando all'età di 14 anni Federer si trasferisce sulle sponde del Lemano per frequentare l'Accademia di alta formazione sportiva di Ecublens, che offre corsi scolastici e sportivi, il rapporto con Carter viene messo in standby per due anni. Entrambi, però, militano sotto le insegne del circolo tennistico Old Boys, che gioca nel massimo campionato svizzero. Nell'agosto del 1997 l'australiano viene chiamato da Swiss Tennis a Bienne, dove ha da poco aperto una «Casa del tennis», e riceve a nome della federazione nazionale l'incarico di occuparsi di Federer. I due viaggiano molto insieme, finché nel 1998 Roger vince il torneo giovanile di Wimbledon. A poco a poco l'adolescente si trasforma in un professionista, e procede per la propria strada con determinazione e coerenza. Nella primavera del 2000 Carter scopre a proprie spese quanto il suo protetto faccia sul serio. Entrato nella Top 50 dei migliori tennisti del mondo, Federer decide di fare un ulteriore salto di qualità e lasciare Swiss Tennis per ingaggiare un allenatore privato. Eppure al momento di scegliere un coach non opta per Carter, che pure ha investito in lui tanto tempo e tante energie, ma ingaggia Peter Lundgren. Carter non riesce a nascondere la delusione. Per Federer è una scelta difficile, ma l'atleta non può accettare che i suoi eccellenti rapporti personali con Carter interferiscano con la propria carriera. Ha la sensazione che sia Lundgren il preparatore giusto per lui, perché ha più esperienza nel campo del tennis ai massimi livelli. Il lungocrinito svedese, acclamato in gioventù come il «nuovo Borg», aveva raggiunto la venticinquesima posizione in classifica, e nei giorni fausti della sua carriera aveva rimandato a casa glorie del calibro di Pete Sampras, Andre Agassi, Mats Wilander o Ivan Lendl (il problema era che aveva conosciuto anche molti giorni infausti).

Con Lundgren al suo fianco Federer continua a fare progressi. Nel 2002 entra per la prima volta nella Top 10. Non dimentica, però, il debito contratto nei confronti di Carter, e fa valere la propria influenza per ottenere la sua nomina a capitano della squadra svizzera di Coppa Davis. L'australiano, che pure considera quel ruolo come un grande privilegio, riesce però a onorarlo una volta soltanto: nel febbraio del 2002 a Mosca, dove due vittorie di Federer nel singolare non bastano a salvare il team elvetico. Ai primi di agosto, mentre lo svizzero è impegnato a giocare a Toronto, arriva la triste notizia. Federer è stato eliminato al primo turno e non ha nessuna voglia di prendere la telefonata di Lundgren. Eppure si fa forza: forse è qualcosa di importante. Quando finalmente si decide a rispondere, viene a sapere che Carter ha perso la vita in un incidente automobilistico in Sudafrica, nei pressi del parco nazionale Kruger. Sua moglie Silvia, che viaggiava a bordo di un altro veicolo, è sopravvissuta. La notizia lo getta nello sconforto, perché era stato proprio lui a consigliare a Carter il Sudafrica per la luna di miele. L'atleta si affretta a rientrare in hotel, correndo in lacrime per le strade di Toronto. È la prima volta che si trova faccia a faccia con la morte. A distanza di due giorni prosegue per Cincinnati, ma non è più in vena di giocare a tennis. Incassata un'altra sconfitta nelle prime fasi del torneo, rientra a Basilea per il funerale, alla vigilia del suo ventunesimo compleanno. «Quando siamo usciti dalla chiesa, mi sentivo triste come mai prima di allora» avrebbe raccontato. «Lo sconforto che si prova nel perdere una partita non è nulla in confronto a un dolore del genere. Avrei voluto dirgli ancora tante cose!».

Federer ha bisogno di tempo per riuscire a dare di nuovo il massimo. Torna in sella nel corso della stagione indoor 2002, finisce nella Top 8 e per la prima volta si qualifica per il finale di stagione a Shanghai. Nel 2003 supera addirittura quello che finora è stato il suo anno migliore vincendo a Wimbledon e trionfando senza rivali alla finale ATP a Houston. Sul piano sportivo sembra andare tutto per il meglio, eppure il 9 dicembre Federer spiazza un po' tutti, salvo forse gli iniziati, annunciando la sua separazione da Lundgren. Fino a quel momento i due avevano dato l'impressione di essere una coppia affiatata, ma ora Federer confessa che da un pezzo le cose non andavano granché bene. Più tardi avrebbe lasciato intendere che la vittoria a Wimbledon aveva alterato gli equilibri. All'improvviso non era più lui ad avere bisogno dello svedese, ma viceversa. Ancora una volta Federer dimostra di perseguire la carriera con una determinazione inflessibile.

In un primo tempo continua senza coach e se la cava a meraviglia. Nel corso del 2004 vince il suo secondo, terzo e quarto Slam, scala il ranking mondiale fino alla prima posizione e domina ancora una volta la finale dell'ATP. Eppure continua a ricercare occasioni per migliorare, finché, guardandosi intorno, non si imbatte in Tony Roche. Il suo interesse per il cinquantanovenne nasceva anche da una lunga predilezione per il tennis australiano. Al mancino Roche, noto in gioventù per il suo micidiale gioco sottorete, propone di accompagnarlo per un massimo di quindici settimane l'anno per aiutarlo a migliorare le sue risposte al volo. Federer non ha più bisogno di qualcuno che gli spieghi il gioco del tennis: vuole affinare specifici dettagli e confrontarsi con un mentore esperto su alcune sottigliezze tattiche.

Roche, giocatore di vecchia scuola, introduce anche dei nuovi standard di allenamento: lo fa trottare per ore e ore da un capo all'altro del terreno. «Quando Tony mi ha domandato se ero pronto a giocare sette volte cinque set per vincere uno Slam, gli ho risposto: "Non lo so"» racconta Federer nel 2016 a Wimbledon. «Lui mi fa: "Voglio sentire un sì, altrimenti non serve a niente"». La collaborazione dà ottimi frutti. Nel 2005 e nel 2006 Federer disputa due stagioni eccellenti, facendo registrare i migliori bilanci vittorie-sconfitte della sua carriera: rispettivamente 81-4 e 92-5. Affiancato da Roche, vince sei dei nove titoli più prestigiosi. Gli sfugge soltanto la vittoria agli Open di

Francia, il solo torneo del Grande Slam nel quale il suo coach avesse mai trionfato nel singolare (1966). Due settimane prima dell'edizione 2007 del Roland Garros, però, si separa anche dall'australiano.

«La comunicazione non funzionava. Eravamo bloccati» spiega. «Tony dovrà accettare questa mia decisione, perché la carriera è la mia». Più tardi aggiungerà: «Avevo la sensazione che non stesse più dando il massimo. Non mi arrivava più l'entusiasmo. E non volevo sentirmi frenato da una cosa del genere prima degli Open di Francia, che erano il mio grande obiettivo». La spiegazione, ancora una volta, aiuta a capire come ragiona Federer: quando sceglie di fare qualcosa non ammette compromessi. Non sopporta mezze misure.

Alla vigilia del Roland Garros entra in scena Severin Lüthi, capitano della squadra svizzera di Coppa Davis, e da allora il bernese diventa una presenza costante nel team di Federer. Anche Lüthi era stato una brillante promessa ai tempi dei tornei giovanili: all'Orange Bowl di Miami, il campionato del mondo non ufficiale della categoria under 18, aveva battuto Gustavo Kuerten, che più tardi avrebbe trionfato agli Open di Francia. A vent'anni, però, si rende conto di avere dato tutto quello che poteva dare, e così si iscrive alla Facoltà di Economia e commercio. In un primo tempo ricopre il ruolo di tuttofare: organizza gli allenamenti, preoccupandosi di trovare campi, partner, eccetera, ma con il passare degli anni diventa una figura sempre più importante nel mondo di Federer. Lüthi, appassionato di hockey su ghiaccio (SC Berna), ha infatti un grande talento per l'analisi strategica e capisce al volo di che cosa ha bisogno Federer, ma non pretende mai di occupare il centro della scena.

Nel 2007 la scalata agli Open di Francia non riesce, per cui Federer, in vista della stagione sul rosso del 2008, si procura i servigi di José Higueras, tennista esperto. Lo spagnolo si è affermato come specialista della terra battuta, sia come atleta che nelle vesti di coach, ed è l'artefice delle vittorie parigine di Michael Chang (1989) e Jim Courier (1991 e 1992). Con Federer, però, non riesce nell'intento, anzi: in finale contro Rafael Nadal lo svizzero incassa la più sonora sconfitta della sua carriera – è sotto dopo soli quattro game. Higueras rimane al suo fianco fino agli U.S. Open, che Federer vince: un epilogo senza tensioni.

Dopo un 2008 difficile, nel corso del quale Federer perde il titolo a Wimbledon, seguono l'estate dorata del 2009, suggellata dalla doppietta Parigi-Wimbledon, e il suo primo Slam conquistato da padre agli Australian Open del 2010. Siamo già a sedici. Eppure è ancora convinto della necessità di far evolvere il proprio gioco. Sente di aver perso la posizione di primato a fondocampo, e non solo contro Nadal. È per questo che nella tarda estate del 2010, a ridosso degli U.S. Open, ingaggia Paul Annacone. In gioventù l'americano passava per un tennista di quelli «accampati sotto la rete», ma come allenatore, tra il 1995 e il 2002, ha regalato a Pete Sampras nove dei suoi quattordici titoli ai massimi livelli. Il suo compito era aiutare Federer a sviluppare un gioco più aggressivo. Che cosa significava esattamente? Ripensando a quella fase, Annacone chiarisce: «Roger aveva visto Nadal, Djokovic e Murray migliorare in modo esponenziale. Voleva scoprire il modo migliore per usare gli strumenti che aveva, voleva tenere il passo con gli altri. Voleva capire meglio come servirsi del rovescio in attacco. Introiettare certi modelli tattici che lo avrebbero aiutato a rispondere con il dritto per poi chiudere il punto a bordo rete».

Sampras e Federer erano entrambi tennisti molto determinati, atleti che giocavano per vincere e ci riuscivano; eppure, lavorando con lo svizzero, Annacone scopre quanto i due giganti del tennis siano diversi tra loro. Sampras esigeva che l'allenatore gli spiegasse in due o tre minuti quello che aveva da dirgli. Federer, invece, è una persona che ama discutere a lungo di sfumature tattiche, uno che fa domande, che guarda video di partite. Per questo l'americano lo ha definito «l'intellettuale tra i campioni». La sua curiosità lo ha aiutato a crescere come giocatore anche a un'età relativamente avanzata. L'arrivo di Annacone non prelude ad alcuna rivoluzione tennistica, ma avvia piuttosto un'evoluzione che più tardi sarebbe proseguita sotto la guida del suo successore, Stefan Edberg. Il momento più glorioso di quella partnership è la vittoria a Wimbledon nel 2012. Nell'ottobre del 2013 le strade di Federer e Annacone si separano, complice anche una stagione deludente, segnata da vari infortuni.

Senza perdere un colpo, Federer impugna il telefono e chiama Stefan Edberg. Sei volte campione nei tornei del Grande Slam, è stato insieme a Becker e Sampras uno dei grandi idoli della sua infanzia. All'epoca Edberg aveva addirittura vinto tre volte sotto casa sua, a Basilea. Lo svedese rimane stupito quando sente la voce di Federer. I due si sono conosciuti l'anno prima agli Open di Stoccolma e si sono piaciuti, ma Edberg non segue più da un pezzo il tennis ai massimi livelli. Si occupa di finanza e sul campo allena al massimo suo figlio. A tutti gli altri ha sempre detto no, come racconta in un'intervista al «Göteborgs-Posten», ma quando a domandare è Federer la musica cambia. Edberg, a quanto sembra, non è un coach nel senso classico del termine: l'allenatore principale rimane Lüthi, mentre il gentleman svedese interviene più che altro come fonte di ispirazione e di nuove idee. Federer non riesce a credere di poter sedere di fronte all'uomo che ha tanto ammirato da bambino e discutere con lui di tennis: gli sembra una situazione quasi surreale. Probabilmente ha pensato: perché non unire l'utile al dilettevole? Ironia della sorte, negli stessi mesi anche l'ex rivale di Edberg, Becker, fa ritorno nel circuito del grande tennis: come allenatore di Novak Djokovic.

Ben presto nel gioco di Federer inizia a riconoscersi il marchio di Edberg, uno dei migliori giocatori al volo della storia. È un po' come se il più giovane volesse dimostrare al più anziano che anche lui sa giocare bene sottorete. Edberg gli insegna che il modo in cui ci si porta verso la metà campo non è meno importante della volée stessa. Grazie a lui Federer trova uno stile più aggressivo, ma soprattutto ritrova il piacere del tennis. Una partnership che vale uno Slam, o due, o tre. Perché lo svizzero non giocava così bene da un pezzo: è più in forma perfino del 2012, l'anno della sua ultima vittoria a Wimbledon. Sennonché trova a fermarlo proprio il nuovo pupillo di Becker, Djokovic, che gli strappa due finali a Wimbledon (2014, 2015) e domina la finale di New York (2015). Sembra quasi più un problema mentale che un problema di gioco: quando dall'altra parte della rete c'è Djokovic, Federer sembra bloccato, come se non riuscisse a sfoderare il tennis d'attacco del quale pure è capace.

Edberg rimane per due anni: solo nel dicembre del 2015 il suo posto viene preso dal croato Ivan Ljubičić, già preparatore di Milos Raonic. La separazione è consensuale, senza rancori di sorta, tanto è vero che lo svedese, da allora, si vede spesso nel box di Federer in occasione delle partite importanti. Vuole verificare dal vivo come crescono i germogli che ha piantato, vuole vedere il suo ex protetto conquistare altri titoli di prestigio e dare così ragione alle sue profezie. In compenso Edberg e Ljubičić sono costretti a portare pazienza, perché dopo gli Australian Open del 2016, mentre si piega per fare il bagno a una delle sue bambine, Federer sente un rumore strano al ginocchio sinistro. Lì per lì sembra una cosa da nulla, ma ben presto si profila lo spettro di un'operazione al menisco. Federer finisce sotto i ferri per la prima volta nella sua carriera. L'intervento riesce bene e Federer annuncia il suo ritorno dopo un paio di mesi a riposo, ma il suo ginocchio sinistro non si riprenderà mai del tutto, e il disequilibrio nella distribuzione del peso corporeo fa tornare a galla anche i vecchi problemi alla schiena. Dopo Wimbledon Federer è costretto a tirare il freno di emergenza, interrompendo la sua stagione. Ma tiene Ljubičić accanto a sé. Il gigante croato (un metro e novantatré), che nella sua carriera ha fatto in tempo a giocare contro lo stesso Federer, sconfiggendolo per tre volte (su quindici partite), non è soltanto un ottimo allenatore, ma anche, di quando in quando, un buon avversario per gli allenamenti, perché nonostante l'età è ancora in forma smagliante e rimane temibile in battuta.

Il fatto che Ljubičić, nel suo lavoro con Federer, sia rimasto fedele alla linea dettata da Edberg è addirittura scontato. Non per nulla, da bambino, il croato ha imparato a maneggiare la racchetta proprio per ammirazione nei confronti dello svedese. Ljubičić ha una storia movimentata alle spalle. A tredici anni è costretto a fuggire con la madre e il fratellino di soli tre anni dalla città natale di Banja Luka, nell'odierna Bosnia-Erzegovina. Approda al professionismo dopo essere stato invitato a un campo estivo a Torino e aver convinto i talent scout. Uno dei vantaggi di averlo come allenatore consiste nel fatto che lui stesso ha giocato contro gli attuali rivali di Federer, e quindi sa per esperienza diretta come ci si sente quando Nadal spara una delle sue bordate in topspin o Djokovic ingaggia uno dei suoi estenuanti scambi. Ha il polso dell'attualità tennistica. La pazienza di Federer e Ljubičić viene ripagata: agli Australian Open del 2017 i due festeggiano il primo Slam conquistato dal virtuoso svizzero in quasi cinque anni. E quel trionfo apre le porte ad altre vittorie. Federer torna a imporsi a Wimbledon nel 2017 e a Melbourne nel 2018. In Australia, come sempre, ci sono a vederlo Diana e Bob Carter, i genitori di Peter.

Hanno incontrato Federer nell'agosto del 2002, al funerale del figlio, che ne parlava sempre tanto: era la seconda volta che si vedevano. Da allora sono sempre rimasti in contatto. Il primo scambio davvero intimo ha luogo nel 2003, dopo la finale di Coppa Davis a Melbourne. «È stato un fine settimana molto, molto intenso, perché soltanto allora abbiamo iniziato a conoscere Roger come persona» ha dichiarato Bob Carter nel 2012 a un giornalista dell'«Australian», il quotidiano di Sydney. «Ci ha accompagnati in un luogo discreto e abbiamo avuto una lunga conversazione. Noi dicevamo: "Devi sempre dare il meglio, Roger. Peter ti ammirava tanto"». L'amicizia con Federer ha aiutato i Carter a elaborare la perdita del figlio. Dal 2005 lo svizzero li invita sempre agli Australian Open e copre tutte le spese. All'inizio i Carter seguivano tutte e due le settimane del torneo, ma poi, a un certo punto, hanno iniziato a trovarlo troppo faticoso. Adesso vengono solo per il weekend della finale. Finché, dopo tanta perseveranza, hanno visto Roger vincere.

«Peter non è stato il mio primo allenatore, ma è stato il mio primo vero coach» ha osservato Federer, mettendo in risalto il contributo di Carter alla sua formazione: «La mia tecnica e la mia scioltezza le devo solo a lui». Una volta ha affermato addirittura di sentirlo sempre con sé sul campo. E non è solo un modo di dire: lo si vede da un'intervista rilasciata alla CNN all'inizio del 2019. Il giornalista gli domanda: «Carter è scomparso l'anno prima della sua vittoria a Wimbledon, il suo primo titolo in un torneo del Grande Slam. Che cosa penserebbe oggi che di Slam ne ha collezionati venti?». Federer si sofferma a riflettere, poi scoppia in lacrime: «Le chiedo scusa. Oddio, mi manca tanto. Mi piace pensare che sarebbe orgoglioso di me. Aveva tanta paura di vedermi sprecare il mio talento».

È un legame talmente speciale che è importante, per Federer, sapere che i genitori di Carter siedono tra il pubblico. Il piacere è reciproco. Diana e Bob Carter seguono la sua carriera con orgoglio – quasi fosse la carriera di un figlio.

Mirka, l'orefice

Non sempre la prima impressione è quella che conta. Per fortuna, altrimenti non avremmo la coppia da sogno del tennis elvetico: Miroslava Vavrinec e Roger Federer. E forse, chissà, anche la carriera del tennista di Basilea, che tanto deve al prezioso contributo della moglie, sarebbe oggi molto diversa da come la conosciamo. La prima impressione suscitata da Federer ancora adolescente non è proprio irresistibile. Mirka, come la chiamano tutti, lo vede per la prima volta da ragazzino, mentre gioca nel campionato svizzero a squadre sotto le insegne del circolo Old Boys. «Tutti mi dicevano: "Mamma mia, devi vederlo giocare, quello è un genio, il futuro del tennis!"» ha raccontato Mirka nel 2016 a un giornalista del «Guardian» londinese. «E la prima cosa che Mirka ha visto di me ero io che scaraventavo via la racchetta e sbraitavo. Di sicuro avrà pensato: "Sì, proprio, un grande giocatore davvero! Che cosa gli prende a quello lì?"». Eppure... Federer ha una seconda chance e riesce a mostrare l'altro lato del suo carattere: il senso dell'umorismo, la sensibilità, l'indole affettuosa.

Nella storia del tennis elvetico le Olimpiadi di Sydney del 2000 iniziano sotto una pessima stella. Campioni del calibro di Martina Hingis, Patty Schnyder e Marc Rosset hanno scelto di non gareggiare. La piccola delegazione svizzera, formata dal giovane Federer, da Mirka Vavrinec, da Emmanuelle Gagliardi e dal coach Peter

Lundgren, condivide con un team di quattro lottatori una casetta a schiera nel villaggio olimpico. Nessuno sospetta che sotto il sole cocente dell'Australia stia sbocciando una storia d'amore. Neppure quando già nelle primissime fasi dei Giochi Vavrinec confida ad alcuni giornalisti svizzeri che Federer la fa ridere fino alle lacrime. Non è un tipo noioso, anzi, è divertentissimo, e questo le piace: alleggerisce l'atmosfera. Lei stessa non si accorge subito che Federer le fa la corte. «Era sempre lì che mi ronzava intorno, e io non riuscivo a capire che cosa volesse» avrebbe ricordato poi.

Sul campo Federer si fa sfuggire due medaglie già a portata di mano, nella semifinale contro Tommy Haas e nella partita per il bronzo contro Arnaud Di Pasquale, ma fuori dal campo fa centro: l'ultimo giorno dei Giochi chiama a raccolta tutto il suo coraggio e bacia Mirka. L'esperienza le piace, ma lei lo prende in giro: «Sei ancora così giovane, sei un bambino». Federer ha compiuto da poco diciannove anni, lei ne ha già ventidue. «È un po' più grande di me, e le donne maturano sempre prima. All'inizio della nostra storia è una cosa che mi ha molto aiutato» avrebbe ammesso a distanza di tempo. «Abbiamo iniziato quasi subito a fare molto sul serio».

In un primo tempo i due riescono a mantenere segreto il loro idillio. Nell'estate del 2001, ormai, nel mondo del tennis sanno tutti che cosa bolle in pentola, ma per esplicita richiesta di Federer la storia arriva al grande pubblico solo durante gli U.S. Open. A quel punto, d'altra parte, la relazione è un segreto di Pulcinella: non solo li si vede trepidare a turno sulle tribune quando gioca il partner, ma il coach Peter Lundgren ha preso sotto la sua ala anche Vavrinec. «L'impassibile di Basilea e la bella di Turgovia – le affinità non si limitano ai colpi a filo di rete, agli ace e ai tie-break. I due giocano insieme anche fuori campo» rivela il tabloid zurighese «SonntagsBlick».

Il giornalista lascia libero corso all'immaginazione: «Lei lo bacia dopo ogni vittoria, e quindi lo bacia spesso. Lui la consola dopo ogni sconfitta, e neanche questo capita di rado. Da mesi Roger e Mirka stanno cercando di percorrere insieme il difficile cammino del professionismo, un circo dove l'invidia, l'ostilità e la concorrenza spietata sono all'ordine del giorno». Stando al giornale, Vavrinec avrebbe detto: «Non è facile. Per fortuna oggi abbiamo i telefoni e gli SMS. Perché giochiamo nello stesso posto solo durante i tornei del Grande Slam e a Key Biscayne».

Di lì a poco la situazione si fa più semplice, anche se non per volontà dei diretti interessati. A New York, al terzo turno, Vavrinec fa registrare la sua prestazione migliore in un torneo del Grande Slam, e all'inizio del 2002, a Perth, disputa la Hopman-Cup al fianco di Federer, nel sempre amato torneo a squadre. Nella primavera di quell'anno, però, si vede costretta ad abbandonare la carriera per via di un disturbo cronico al piede. Disputa la sua ultima partita del Tour solo due settimane dopo il suo ventiquattresimo compleanno. Nel corso della sua breve parabola ha raggiunto il 76° posto nel ranking mondiale e ha portato a casa premi in denaro per 260.832 dollari.

Vavrinec è nata il 1 aprile 1978 a Bojnice, in Slovacchia, ma è cresciuta a Kreuzlingen, in Canton Turgovia. I suoi genitori, Miroslav e Drahomira, sono riparati in Svizzera con la loro unica figlia quando la bambina aveva due anni. Il padre è orefice. Per lunghi anni i Vavrinec hanno gestito una gioielleria nel centro commerciale di Kreuzlingen. Oggi il padre offre i suoi servizi in rete. La bambina sembra aver ereditato la sua passione per lo sport, per cui nel 1987 Miroslav porta con sé Mirka a vedere il torneo di tennis nella vicina Filderstadt, oltre il confine tedesco. Qui Mirka, che ha nove anni, incontra il suo idolo Martina Navratilova e le regala un paio di orecchini creati dal padre. Navratilova rimane piacevolmente sorpresa, fa sapere alla giovane fan che sembra dotata delle caratteristiche atletiche giuste per eccellere nel tennis e la mette in contatto con il connazionale Jiří Granát, che si è stabilito in Svizzera. Granát, che in passato è entrato nella Top 100 e all'epoca dei tornei giovanili ha spesso giocato in doppio misto con la stessa Navratilova, propone a Mirka Vavrinec un allenamento di prova e ha l'impressione di scorgere in lei un dono, anche se non è da molto che la bambina ha impugnato la racchetta. «Era molto mobile, ci sapeva fare» ha ricordato Granát. «Soprattutto, però, mi ha colpito una cosa: ci credeva sul serio. Molti bambini vengono a lezione di tennis perché ce li mandano i genitori. Lei ci veniva per volontà propria, ci teneva a imparare».

Granát le dà un paio di lezioni, ma la collaborazione è di breve durata, perché i genitori abitano pur sempre a Kreuzlingen, a un'ora di auto. Eppure a distanza di qualche anno, quando Vavrinec inizia a disputare tornei giovanili a livello internazionale, i genitori si fanno sentire di nuovo ed è Granát ad accompagnare la diciassettenne ai tornei giovanili del Roland Garros e di Wimbledon. Di quegli anni, oltre alla grande forza di volontà e all'impegno indefesso dimostrati da Mirka, ricorda soprattutto la sua indipendenza: «Era molto più autonoma di altri atleti under 18 che ho allenato per conto di Swiss Tennis. Tanti tra quei giovani erano troppo legati ai genitori, che per poco non portavano loro la sacca in campo. Mirka era tutta un'altra storia: lei organizzava tutto da sola. Organizzava perfino gli spostamenti di sua madre quando la seguiva nei tornei. Sì, era Mirka a organizzare ogni cosa per sua madre, non viceversa». Il suo talento per l'organizzazione brilla ancora oggi, anzi, è più indispensabile che mai, perché Vavrinec è il capitano della «delegazione Federer», composta da quattro bambini, baby-sitter, insegnanti privati e coach, in tutto più di dieci persone.

Insomma, la carriera di Vavrinec si è conclusa prima ancora di decollare, eppure in quei primi anni Mirka ha incamerato esperienze preziose che più tardi avrebbero agevolato l'ascesa del maggior tennista vivente in ambito maschile. «È un grosso vantaggio per Roger essere sposato con una donna che ha giocato ai massimi livelli» sottolinea Granát. «Capisce al volo certe situazioni. Sa come ci si sente dopo una vittoria. Sa come rivolgersi a lui quando ha perso. È difficile immedesimarsi in certe cose quando non le si è vissute sulla propria pelle. Lei sa quando è il caso di reagire e quando è meglio lasciar perdere. Sa di che cosa lui ha bisogno per potersi concentrare al massimo sul tennis». Già, perché a chi vuole eccellere in questo sport conviene avere una marcata vena di egoismo. Magari non sempre, ma in certe occasioni occorre: per esempio durante un torneo del Grande Slam. Quando il gioco si fa duro non ci sono compromessi che tengano, non si possono sprecare energie preziose: il riposo e la preparazione atletica vengono prima di qualunque altra cosa. Nessuno vince una finale a certi livelli quando la notte prima gli è toccato alzarsi tre volte per cullare i bambini.

Nel 2012 Federer ha assicurato a un giornalista del «New York Times» di non avere scelto in modo consapevole una tennista per compagna. «Però è utile, perché sa che cosa occorre, a ogni livello. Anche lei ha investito migliaia di ore nella sua carriera. Così quando le dico: "Mi dispiace, ma devo andare ad allenarmi" lei è la prima a rispondere: "Lo so, ne hai bisogno, vai"». Il ginevrino Marc Rosset, campione olimpico nel 1992, l'uomo che ha introdotto Federer nel circuito ATP, è arrivato a sostenere che «Mirka è responsabile al 50% per il successo del marito. Si dice che dietro ogni grande uomo ci sia una donna forte. Nel caso di Roger è tutto vero. Fin dall'inizio Mirka gli ha facilitato moltissimo le cose.

Risolve tanti problemi prima ancora che saltino fuori per consentirgli di concentrarsi sul gioco. Ormai ha collezionato tanti di quei titoli e guadagnato tanti di quei soldi che quando si è fatto male al ginocchio [nel febbraio del 2016] lei avrebbe potuto anche dirgli: "Poco male, dai, tanto ne hai fatta di strada", e invece lo ha spronato a tornare in campo».

Tra le altre cose la storia con Federer ha aiutato Mirka Vavrinec ad accettare con più serenità la fine della propria carriera. Non ha mai smesso di girare il mondo per amore del tennis, lo fa soltanto in un ruolo diverso: il suo ritiro, in quel fatidico 2002, non ha segnato una vera frattura. Accanto a Federer può continuare a vivere con pienezza la vita che le è stata negata in ambito sportivo. Per esempio nel 2004, nei giorni di Wimbledon, ha dichiarato in un'intervista con il quotidiano zurighese «Tages-Anzeiger»: «Quando Roger vince una partita è come se la vincessi io. Partecipo con grande intensità al suo gioco, e so che cosa significa stare in campo. E lui condivide tutto con me. In un certo senso è come se Roger mi avesse restituito la mia vita nel tennis. È bello girare di nuovo per tornei. E adesso è tutto molto più intenso rispetto ai tempi in cui giocavo anch'io, perché ormai Roger è il numero uno al mondo». Queste parole sono state spesso citate, perché sono tratte dall'ultima intervista che Mirka ha rilasciato a titolo personale. In un primo tempo ha curato le pubbliche relazioni per conto di suo marito e ha dovuto spesso dire di no; più tardi quel compito è passato al manager Tony Godsick e lei ha smesso di parlare con i giornalisti. Anche per esplicita richiesta di Federer, che tiene ad avere sotto controllo l'immagine pubblica delle persone che ha intorno. Sua moglie non possiede neppure un profilo su Twitter, Facebook, Instagram o Snapchat. Solo una pagina non ufficiale su Instagram che conta oltre 70.000 follower.

Il fatto di non rilasciare più interviste da oltre dieci anni ha creato intorno a Mirka un'aura di mistero. Eppure qualcosa del suo carattere si può cogliere se la si osserva, lei sempre presente, nel box di Federer durante le partite. Basta guardarla durante i match più importanti, vederla stropicciarsi le mani, agitare il pugno a mezz'aria, gioire e dare in escandescenze. Come durante il drammatico derby svizzero alla semifinale ATP del 2014, disputato a Londra, quando l'avversario di Federer, Stan Wawrinka, è arrivato a lamentarsi per il suo continuo baccano. Quando lui la richiama durante una fase particolarmente delicata del decisivo terzo set, lei gli urla di rimando: «Crybaby!», piagnucolone. Una cosa che non si fa nel mondo dell'aristocrazia tennistica. Wawrinka, irritato, perde la partita dopo aver sprecato quattro match ball; nel seguito volano parole dure tra gli svizzeri, che però nelle settimane seguenti trovano il modo di ricucire e vincono insieme la Coppa Davis nella finale contro la Francia a Lille.

Per dare un'idea dell'intensità con la quale Mirka vive le partite di suo marito si può citare anche un altro episodio, seppure di tradizione indiretta. Come scrive il giornalista statunitense Jon Wertheim nel suo libro *Strokes of Genius* [Colpi di genio], sembra che alla finale di Wimbledon del 2008 lei lo abbia intercettato all'ingresso dello spogliatoio, con il favore della prima pausa pioggia, per ricordargli con enfasi che è lui, e non il suo avversario Nadal, ad avere già vinto cinque volte il torneo. Federer ascolta senza dire nulla e abbassa la testa in segno di assenso. Il discorsetto di motivazione ha funzionato, a quanto pare, perché a tornare in campo, quel giorno, è un altro giocatore. Federer riequilibra la partita, che stava perdendo 0-2, e getta la spugna soltanto al quinto parziale.

Federer ha raccontato che sua moglie tiene molto a non vederlo sprecare il suo talento. «Come giocatrice aveva dei limiti e lo sapeva, ma non avete idea di quanto abbia lavorato sodo. E sapeva che io, con i doni che ho ricevuto, potevo dare ancora molto, moltissimo». Nel 2009 le sue priorità sono cambiate: ora si prende cura soprattutto della famiglia, ma la sua influenza in ambito sportivo rimane importante, anche dopo la nascita delle gemelle Myla e Charlene. Nel 2012 l'allora allenatore di Federer, Paul Annacone, dichiara al «New York Times»: «Mirka svolge ancora un ruolo importante, molti impulsi vengono proprio da lei. Ha una visione molto chiara della situazione complessiva. È stata al suo fianco fin dall'inizio e sa che cosa gli occorre, come funziona questo mestiere». Tra le altre cose non è il tipo di moglie che lesina sulle critiche, anzi. Anche quando fa male. «Ho accanto a me una roccia» ha spesso ripetuto Federer a proposito di Mirka. Se lei non fosse parte integrante della sua carriera, anima e corpo, lui avrebbe appeso da un pezzo la racchetta al chiodo. Lo ha detto più volte. E lo ha ribadito senza mezzi termini nel 2017 a Wimbledon: «Senza di lei non ce la farei proprio. Il giorno in cui mi dirà che non ha più voglia di viaggiare per il tennis io risponderò: "Ok, capolinea". È davvero così. Sono felice che lei mi permetta di vivere ancora il nostro sogno comune». Nel 2018, uscito trionfatore dagli Australian Open, ha sottolineato ancora: «Se non ci fosse Mirka a sostenermi, avrei mollato già da un pezzo. Un paio di anni fa ne abbiamo parlato con il cuore in mano, le ho domandato se questa vita le piacesse ancora. Sono felice che lei mi sostenga con tanta energia, che si occupi dei nostri figli quando io non posso. Sarebbe terribile per me passare più di due settimane lontano dai bambini. Questa vita non funzionerebbe mai se non avessi alle spalle Mirka, che ci crede al cento per cento».

Le cose si sono molto complicate da quando i due tennisti sono diventati genitori. Myla e Charlene sono

«Se non ci fosse Mirka a sostenermi, avrei mollato già da un pezzo. Un paio di anni fa ne abbiamo parlato con il cuore in mano, le ho domandato se questa vita le piacesse ancora».

Roger Federer

nate il 23 luglio 2009, i gemelli Leo e Lennart sono arrivati il 6 maggio 2014. Dopo la nascita delle figliolette il bookmaker Ladbrokes ha dato 100 a 1 l'eventualità che una delle due vinca un giorno il torneo di Wimbledon, e 200 a 1 una vittoria in doppio. Eppure le due bambine, per il momento, non sembrano molto interessate al tennis. I due maschietti, invece, giocano già. Un allenatore ha iniziato a occuparsi dei loro primi passi nello sport.

Far spostare una famiglia così numerosa con armi e bagagli al seguito è un autentico incubo logistico, eppure è raro che Federer parta da solo quando deve affrontare un torneo. È successo per esempio quando ha giocato a Shanghai, l'unico evento al quale ha preso parte in Asia in autunno. Nel 2018, a ridosso degli Australian Open, gli hanno domandato quale fase della sua carriera gli fosse più cara. Lui ha risposto: «Questa. Non avrei mai immaginato di poter giocare a tennis sotto gli occhi dei miei quattro bambini. È ancora più bello che ai tempi in cui vincevo tutto. Certo, essere il migliore fa piacere, ma quello è stato anche un momento di terribile stress. E poi ho sempre voluto mettere su famiglia, fin da quando io e Mirka abbiamo iniziato a fare sul serio. La famiglia ha completamente stravolto la mia vita. È la cosa migliore che potesse capitarmi».

Vavrinec è stata un ingrediente decisivo nella storia sportiva di Federer, eppure in Svizzera non tutti la trovano simpatica. Forse anche perché ha rinunciato alla sua posizione di portavoce e da tanti anni non parla più con nessuno. Quando la si vede scrivere SMS durante una partita le malelingue si scatenano nel piccolo paese alpino, per non parlare della volta in cui ha indossato un maglioncino Gucci rosa con una tigre ruggente sul petto (in effetti un po' audace) durante gli Australian Open. Nel caso di quel maglioncino, per esempio, non si è parlato soltanto dei suoi gusti discutibili in fatto di moda, ma anche del prezzo vero o presunto del famigerato capo (circa 1500 dollari). Il che, naturalmente, la dice più lunga sulla piccineria di tanti svizzeri che sul conto di Mirka.

Comunque la si voglia pensare, l'ultima cosa che si può dire di lei è che se la prenda comoda o che si crogioli al sole della gloria di suo marito. Svolge vari ruoli, tutti importanti: compagna, madre, supporter, consolatrice, cuoca, organizzatrice, consigliera, fan numero uno e molto altro. Non ha mai studiato l'arte di suo padre, ma non sarebbe esagerato chiamare anche lei una vera e propria orefice.

Federer e le quattro stagioni del tennis

Melbourne, Parigi, Londra e New York: il fascino del tennis ai massimi livelli è anche nel suo ritmo a quattro stagioni. Quando nei nostri giardini rimane ancora un po' di neve, gli assi del tennis portano un po' di estate nei nostri salotti con i loro duelli sotto il sole in diretta dall'Australia. In giugno, quando i tennisti dilettanti provvedono a imbrattarsi i calzini bianchi con l'argilla dei campi in terra battuta, al Roland Garros viene incoronato il re della terra rossa. A Wimbledon si onora il tennis su prato, giocato in completini immacolati: la forma più antica e nobile di questo sport. A settembre, infine, i migliori e i più tenaci si affrontano fino a notte inoltrata sotto i riflettori della Grande Mela, memori della canzone di Frank Sinatra, quella che dice: «Se ce la fai qui, ce la puoi fare dappertutto».

Ciascuno dei quattro Slam ha caratteristiche ben precise e un fascino del tutto *sui generis*. Roger Federer ha ribattezzato l'Australian Open «Happy Slam», perché a Melbourne sono tutti più rilassati. A Parigi si apprezzano i giocatori dotati di quel certo non so che, i tennisti francesi e a volte perfino chi vince. L'«All England Club» è un curatissimo tempio della storia tennistica. E al mondo non c'è un altro campo come Flushing Meadows, dove lo sport viene portato in scena come un kolossal, i grandi schermi trasmettono i cenni e le smorfie dei vip seduti sugli spalti (soprattutto divi del cinema e della musica), e gli aerei del vicino aeroporto LaGuardia intersecano il cielo. Melbourne sa di crema solare al cocco, Parigi di Chanel n°5 e crêpe, Wimbledon di fragole e prati appena falciati e New York ha l'odore di tutto il mondo.

Quando il piccolo Roger passava ore a far rimbalzare la pallina contro la porta del garage, sognava di vincere a Wimbledon e di alzare verso il cielo la coppa con il piccolo ananas sul coperchio. Federer nasce come tennista su terra, ma i suoi eroi sono sempre stati i campioni del sacro prato di Church Road: dapprima Boris Becker, poi Stefan Edberg e Pete Sampras. Ad affascinarlo, nel torneo di Wimbledon, era l'aspetto esotico, esclusivo, in apparenza irraggiungibile. «Gli unici prati all'inglese sui quali avessi mai messo piede erano il giardino di casa e il campo da calcio» avrebbe ricordato. «Il tennis su prato mi ha sempre trasmesso la sensazione di qualcosa di puro, di speciale, perché soltanto i migliori arrivano a giocare su quel tipo di terreno». In Svizzera, all'epoca, non c'erano campi da tennis su prato, se non privati. Federer deve attendere i sedici anni per scoprire che cosa si prova a giocare sul verde: accade nell'estate del 1998 in un torneo giovanile su inviti al Queen's Club di Londra. Perde al secondo turno, ma non tarda a prendere dimestichezza con quella superficie per lui poco abituale, un terreno che sembra inventato su misura per l'agilità dei suoi piedi, il suo gioco aggressivo e i suoi profondi rovesci in slice.

A distanza di poche settimane dal suo debutto su prato prende parte al torneo giovanile di Wimbledon. In attesa del primo match è talmente agitato da convincersi che la rete sia stata montata più in alto del normale. Quella rete invece è regolamentare, e Federer procede inesorabile fino alla vittoria senza perdere un solo set. Però deve rinunciare al Champion's Dinner: è atteso con urgenza a Gstaad, dove ha ottenuto una wildcard per il suo debutto nell'ATP Tour. Al gran gala londinese riservato al vincitore di Wimbledon avrà occasione di partecipare poi, e non una volta soltanto. Perché nessun torneo più di Wimbledon è indissolubilmente legato alla sua carriera: qui, a soli diciannove anni, nel 2001, elimina agli ottavi di finale il suo idolo Pete Sampras, nel loro unico duello in una competizione di livello professionistico. Ancora a Wimbledon, nel 2003, festeggia il suo primo Slam, e nel 2009, collezionata la quindicesima vittoria in uno dei quattro grandi tornei, batte il precedente record di Sampras. Di nuovo a Wimbledon, nel 2008, soccombe all'arcirivale Rafael Nadal in quella che è forse la sua sconfitta più amara. E ancora a Wimbledon, con i suoi otto titoli, rimane primatista assoluto nei 150 anni di storia del torneo.

Eppure la presenza di Federer a Wimbledon (come pure, all'inverso, la presenza del torneo inglese nella carriera di Federer) non si limita agli aspetti puramente sportivi. Sampras è ammirato per la sua gelida efficienza, ma Federer è amato per il suo virtuosismo, il suo brio e la sua grazia. La sua sintesi di gioco classico e maniera moderna è perfetta per l'«All England Club», così geloso delle sue tradizioni, ma anche capace di trasformarsi a ritmi mozzafiato. La grande impresa di Federer non sono le sue otto vittorie a Wimbledon, come ha suggerito per scherzo il giornalista inglese Mark Hodgkinson, che ha già scritto vari libri su di lui (*Fedegraphica* e *Federeresque*): il vero miracolo è stato quello di strappare al suo eterno riserbo un popolo introverso e tiepido come quello britannico – quantomeno nelle due o tre ore in cui Federer imperversa in campo. «Negli anni Settanta alcune studentesse londinesi sono svenute alla vista di Björn Borg, ma il culto che gli ammiratori tributano a Federer è una cosa di un altro livello» prosegue Hodgkinson. «Borg è stato la rockstar del tennis su prato, ma Federer è addirittura un'icona religiosa, un capo di Stato, il maschio alfa del mondo verde e viola che ruota intorno a Wimbledon. E i più fanatici tra i suoi cultori sono dei signori maturi sui quaranta, cinquanta, sessant'anni, non delle ragazzine». Mai nella storia gli inglesi hanno amato un tennista come oggi amano Federer, parola di Hodgkinson. Non per nulla quasi nessuno gliene ha voluto quando lo svizzero ha battuto Andy Murray nella finale del 2012, facendolo scoppiare in lacrime e rimandando di altri dodici mesi il sogno di una vittoria in casa, che per l'Inghilterra si faceva attendere da settantasei anni. L'aura di tradizione e classe che ammanta i rituali di Wimbledon si è comunicata al personaggio di Federer. Il ragazzino che giocava a tennis perché gli piaceva è diventato un autentico gentleman dei campi. Un uomo che fa e dice quasi sempre la cosa giusta. Tanto che, alla vigilia del pranzo di gala in programma per il 24 giugno 2010 all'«All England Club», il presidente Tim Phillips non ha dovuto riflettere a lungo per decidere chi far sedere accanto alla regina Elisabetta II, che aveva deciso di fare una visita a Wimbledon dopo trentatré anni di assenza: Roger Federer, chi altri? E Federer non lo ha deluso, rivelandosi un conversatore interessante, ma pieno di tatto. La classe di Federer, osserva Phillips, sta nel fatto di trattare un semplice impiegato e la regina d'Inghilterra con la stessa impeccabile cortesia. Wimbledon e Federer sembrano fatti l'uno per l'altro. Sono passati vent'anni dalla prima volta, ma il torneo non ha perso l'ascendente magnetico che esercita su di lui. Nel 2018 Federer si filma in diretta su Instagram mentre cammina per le strutture ancora deserte alla vigilia del torneo: sembra un ragazzino in un negozio di caramelle. Passa accanto al Campo 18, quello dove è stata disputata la partita record di undici ore tra John Isner e Nicolas Mahut («la mia partita del cuore»), e giunto nei pressi di Aorangi Terrace, detta «Henman Hill», sorride con malizia: «Tim però non c'è».

Il presidente dell'«All England Club»Tim Phillips non ha dovuto riflettere a lungo per decidere chi far sedere accanto alla regina Elisabetta II: Roger Federer, chi altri?

Nella sua ipotetica classifica personale dei grandi tornei, gli Australian Open verrebbero al secondo posto. Federer è ancora molto giovane quando entra in contatto con il quinto continente: a nove anni conosce il coach australiano Peter Carter sui campi del circolo Old Boys di Basilea. Carter gli parla con ammirazione delle leggende tennistiche del suo paese: Rod Laver, Roy Emerson, Ken Rosewall o John Newcombe, e lo inizia allo stile della scuola australiana. A distanza di anni (nel biennio 2005-2007) Federer si sarebbe allenato anche sotto la guida di Tony Roche. Gli australiani, per parte loro, sentono di avere dato un contributo importante all'ascesa di Federer, tanto più che il suo tennis ricorda molto i grandi classici della loro tradizione. Nel 2016 uno studio condotto dalla società australiana di marketing sportivo Gemba Group ha mostrato che Federer è in assoluto l'atleta più popolare in Australia: i connazionali vengono dopo.

Nel mondo degli antipodi, del resto, Federer vive dei momenti importanti, sia sul piano privato sia in campo sportivo: è alle Olimpiadi di Sydney, nel 2000, che dà il primo bacio a Mirka Vavrinec; nel 2003, alla semifinale di Coppa Davis a Melbourne, perde il decisivo singolare contro Lleyton Hewitt dopo avere dominato per 2-0 nelle prime fasi del match, una dolorosa disfatta che lo fa maturare. Nel 2004, a Melbourne, raggiunge per la prima volta il primo posto nella graduatoria mondiale dopo aver eliminato in semifinale Juan Carlos Ferrero (un onore che naturalmente avrebbe ottenuto anche in seguito). Alle premiazioni del 2006 incontra per la prima volta Rod Laver ed è talmente commosso che scoppia in lacrime. Nel 2010, sulle rive del fiume Yarra, vince il suo primo Slam da padre, ed è ancora su quei campi che nel 2017 mette in scena il suo strabiliante ritorno sulle scene. Nel frattempo, con sei vittorie all'attivo, gli Australian Open si affermano come il secondo dei suoi grandi tornei di predilezione. Degli australiani Federer apprezza la scioltezza, lo spirito sportivo e l'entusiasmo per il gioco. E si lascia contagiare al punto da sviluppare un'autentica passione per lo sport nazionale australiano, il cricket. «L'Australia, per me, è un sentimento della vita» ha dichiarato: «per questo sarà sempre come una seconda casa». Amore a prima vista, dice.

Lo stesso, decisamente, non vale per New York. In un primo tempo il caos della Grande Mela lo stordisce. Nei suoi primi cinque assalti agli U.S. Open non riesce mai a spingersi oltre gli ottavi di finale. Quando però impara ad abbandonarsi al ritmo della città che non dorme mai, diventa inarrestabile. Tra il 2004 e il 2008 vince il torneo per cinque volte consecutive, una prodezza senza precedenti nell'era del tennis professionistico (che inizia nel 1968). E vincere è sempre il modo migliore per guadagnarsi i favori del pubblico statunitense. Quando gli americani si rassegnano all'idea che non sia uno dei loro a espugnare New York, passano in blocco dalla parte di Federer. «Se c'è qualcosa che i newyorkesi trovano sempre irresistibile è il meglio del meglio» ha dichiarato il portavoce degli organizzatori, Chris Widmaier. E se Federer girasse uno spot pubblicitario in compagnia del golfista Tiger Woods e dell'ex campione di baseball Derek Jeter, ha aggiunto, moltissimi cittadini americani non si renderebbero neppure più conto di avere davanti due connazionali e un europeo.

Le cinque vittorie consecutive agli U.S. Open sono state anche un passaggio decisivo per la commercializzazione della sua immagine. Perché Federer, a differenza delle star degli altri quattro grandi sport professionistici (il baseball, il basket, il football americano e l'hockey su ghiaccio), sempre presenti sul piccolo schermo statunitense, si fa vedere in America solo per qualche settimana l'anno. Anche la sua amicizia con la caporedattrice di

«Vogue», Anna Wintour, la stessa che nel film *Il diavolo veste Prada* viene rappresentata come una tirannica donna di potere, contribuisce a far crescere la sua fama negli Stati Uniti. La "papessa della moda" con il taglio *à la garçonne* conosce lo svizzero nel 2005 a un pranzo, e da allora è succube del suo fascino (o di quello del suo gioco). La leggendaria rivista di moda osanna Federer più di qualunque altro sportivo, e Wintour fa il giro del mondo per vederlo dal vivo. «Tutti millantano di essere dei fan di Roger Federer» scrive nell'autunno del 2017 in un editoriale: «Io, per conto mio, mi considero una groupie». Lei insiste sempre per parlare di tennis, lui di moda – e quasi sempre è lui ad avere partita vinta. In ogni caso è evidente che la mano di Wintour ha molto influito sul guardaroba di Roger, come su quello della moglie Mirka.

Quanto ai rapporti con il Roland Garros, probabilmente Federer metterebbe la spunta all'opzione «complicati». Nel 2016 annuncia all'ultimo momento la sua intenzione di non presentarsi alla Porte d'Auteuil: a livello di Grande Slam è la sua prima assenza in sessantacinque tornei consecutivi; nel biennio 2017-2018, poi, salta a piedi pari per ben due volte la stagione sul rosso, anche se fisicamente è in forma. Nel suo personale sistema di priorità Parigi viene dopo Wimbledon. Federer non sembra avere dato peso al consiglio di Mats Wilander, che lo ha invitato ad allenarsi un paio di giorni sulla terra battuta e poi a disputare gli Open di Francia senza grandi aspettative, per amore del pubblico, del torneo, del tennis: «Se gioco, non gioco tanto per fare. Ho ambizioni di ben altro livello». È una posizione comprensibile. Non per nulla è stato per anni il secondo miglior giocatore del mondo su quel tipo di terreno.

Eppure al Roland Garros ha sempre trovato Rafael Nadal a mettergli i bastoni fra le ruote. Finché il re della terra, che difende il suo regno senza alcuna pietà, non viene spodestato a sorpresa nel 2009 dopo trentatré vittorie consecutive a Parigi: a rovesciarlo agli ottavi di finale è il colosso svedese Robin Söderling. Si profila una chance insperata. A Federer iniziano a tremare i polsi. Dapprima è costretto a recuperare uno 0-2 contro Tommy Haas (ottavi di finale) e un 1-2 contro Juan Martin Del Potro (semifinale), ma alla finale contro Söderling si impone come il giocatore dominante e completa così il suo poker di Slam. Si può dire che nella seconda settimana sia il pubblico parigino a catapultarlo verso il titolo. In giro si sente un solo grido: «Allez Roger!». Federer è molto apprezzato nella metropoli della moda, non solo per la sua eleganza, ma anche perché parla un francese perfetto, dal momento che ha vissuto nella Svizzera francese ai tempi della scuola. Ma in quale città del tennis non viene amato come un beniamino?

Come Fred Astaire contro Rambo. La rivalità con Nadal

Le rivalità personali sono il sale dello sport. Sono spesso l'unica debolezza che ci aiuta a vedere i campioni come esseri umani, ma servono anche a spingerli ai loro limiti, oltre che a delineare il loro personaggio. Che cosa ne sarebbe stato di Muhammad Ali senza Joe Frazier? Di John McEnroe senza Björn Borg? Di Ayrton Senna senza Alain Prost? Di Carl Lewis senza Ben Johnson? Di Martina Navratilova senza Chris Evert? Di Magic Johnson senza Larry Bird? Di Greg LeMond senza Laurent Fignon? E che cosa ne sarebbe stato di Roger Federer senza Rafael Nadal? Forse avrebbe già collezionato una trentina di Slam, perché contro il suo acerrimo rivale ha perso ben nove match validi per il titolo, tra cui sei finali: agli Open di Francia 2006, 2007, 2008 e 2011, a Wimbledon nel 2008 e agli Australian Open nel 2009.

Per i fan è stata dura vedere Federer sconfitto in partite di quel livello, ma la presenza di Nadal, il peggiore tra tutti gli avversari concepibili, è stata un toccasana per il tennis. Perché ha fatto uscire allo scoperto il lato pugnace dello svizzero dopo lunghi anni di predominio e virtuosismi nel corso dei quali le sue vittorie erano apparse pressoché scontate. Nadal lo ha obbligato a migliorare ancora, anzi, a reinventarsi. Borg ha gettato la spugna a soli venticinque anni, soccombendo alla classe di McEnroe. Dopo gli U.S. Open del 1981, alla terza finale perduta contro l'americano, di tre anni più giovane, lo svedese ha sentito di averne avuto abbastanza. Federer, invece, non si è lasciato scoraggiare da Nadal. Si potrebbe addirittura sostenere che la vera grandezza dello svizzero si è manifestata solo quando ha iniziato a perdere. Tra i tanti primati di una carriera inarrivabile, Federer detiene anche un record molto particolare: nessun altro campione, nella storia più che centenaria del tennis, ha perso tante finali ai massimi livelli contro lo stesso avversario. Lo spagnolo gliene ha portate via ben sei.

Il fascino della loro rivalità nasce dalla qualità sportiva e dall'intensità dei loro duelli, ma anche dal contrasto tra le loro principali caratteristiche: lo stile contro la forza bruta, il ballerino contro il pugile, l'artista contro il guerriero, il signore del prato contro il re della terra, il gioco in attacco contro il gioco in difesa, il destro contro il mancino, la tecnica classica contro il tennis ultramoderno, l'uomo in completo contro il pirata, il testimonial Mercedes contro il testimonial Kia, il mitteleuropeo dal sangue freddo contro l'impetuoso meridionale. Si potrebbe addirittura azzardare un paragone ispirato all'arte: Federer lavora come un impressionista, alla maniera di un Pierre-Auguste Renoir, procedendo per piccole pennellate; Nadal, invece, fa pensare alla maniera irruenta di un Vincent van Gogh. Entrambi sono dei geni, ciascuno a modo proprio. Federer irradia una quieta fiducia in se stesso, riesce quasi sempre a padroneggiare le emozioni, mentre Nadal schiuma di energia, intensità e passione. Federer può giocare anche per due ore senza che sulla sua T-shirt si veda la più piccola macchiolina di sudore, mentre a quel punto il suo rivale ha già infradiciato tre magliette. Dopo la finale di Wimbledon del 2007, nella quale Federer ha respinto quasi per miracolo il secondo assalto di Nadal al suo feudo, il «Times» di Londra ha parlato di una battaglia tra Fred Astaire e Rambo. Superfluo precisare che è Federer, non Nadal, a venire paragonato al leggendario virtuoso del tip-tap.

Da tempo il colosso dell'abbigliamento sportivo Nike annovera entrambi i fuoriclasse tra i suoi testimonial e gioca sulla loro rivalità nelle campagne pubblicitarie e nello stile dei suoi outfit. Nadal è raffigurato in canottiera senza maniche per mettere in risalto i suoi possenti bicipiti, ricamando sulla sua immagine di pirata del tennis. Federer, invece, scorrazza per i campi di Wimbledon in completino bianco. In una foto lo si vede addirittura con un borsello da uomo. Federer o Nadal? Un dilemma che da oltre dieci anni toglie il sonno agli appassionati di tennis di tutto il mondo. Nulla impedisce di amarli e ammirarli entrambi, ma occorre pronunciarsi per l'uno o per l'altro. Per caso conoscete qualche patito di tennis per cui è indifferente chi vince? Ecco, no. Federer o Nadal: non è soltanto un'alternativa, è una professione di fede.

La loro rivalità ha inizio il 29 marzo 2009 a Miami, come un fulmine a ciel sereno. Conquistata per la prima volta la vetta della graduatoria mondiale dopo gli Australian Open, Federer sembra non avere più rivali. Nei primi mesi di quell'anno vince 23 partite su 24. Finché nel secondo turno in Florida se la vede con l'allora teenager spagnolo e perde clamorosamente per 3-6, 3-6. Da un lato è vero che lo svizzero è ancora indebolito da un colpo di sole toccatogli la settimana prima a Indian Wells, ma quella partita a Miami è un primo assaggio di quello che Nadal tiene in serbo per lui negli anni a venire. Il grande favorito, deluso, dice di non essere riuscito ad aprire il proprio gioco. E rumina: «Forse ho colpito con troppa poca forza. Ma i suoi colpi non sono piatti e duri, insiste sullo spin, staccandosi molto da terra. Quel modo di fare mi ha messo in difficoltà». Un giornalista in vena di provocazioni gli domanda: «Lei ha soltanto 22 anni, ma forse la spaventa che lo spagnolo sia di cinque anni più giovane di lei?». Federer ammette che Nadal è già un atleta molto maturo per la sua età, ma una cosa è prendere parte al tour come nuovo arrivato, uno che non ha nulla da perdere, un'altra cosa è mantenersi a quel livello: «Tra due anni vedremo se è ancora così forte».

Altroché, molto più forte di quel che farebbe comodo a Federer. Nel 2004 il tennista di Maiorca salta gli Open di Francia a causa di una frattura da fatica al malleolo, ma già l'anno successivo festeggia il suo primo Slam a Parigi, due giorni dopo il suo diciannovesimo compleanno, dopo avere eliminato Federer in quattro set alla semifinale. Tra il 2006 e il 2008 i due rivali giocano ben tredici finali. Le sfide più emozionanti sono quelle disputate nei rispettivi feudi: Parigi e Wimbledon. Nadal prevale al Roland Garros, conservando il suo titolo di re della terra, e nel 2008 riesce perfino a spodestare Federer dal suo trono all'«All England Club». Una finale entrata nella storia del tennis.

All'epoca Federer sta inseguendo il suo sesto titolo a Wimbledon: se riuscisse a ottenerlo infrangerebbe il record di vittorie consecutive detenuto da Björn Borg (dal 1976 al 1980). Però la sonora batosta ricevuta solo il mese prima da Nadal alla finale di Parigi (6-1, 6-3, 6-0) ha lasciato il segno. Alla finale di Wimbledon Federer perde i primi due set, mentre sul finire del terzo la pioggia impone una pausa di ottanta minuti. Il riposo giova allo svizzero, che vince il terzo e il quarto set e ha buone chance nel quinto. Sennonché Nadal si mostra leggermente più determinato e sul finale riesce a strappare il punto della vittoria per 8-7. Se nessuno dei due fosse riuscito a sbloccare il 7-7, l'epilogo sarebbe stato rimandato a lunedì con il punteggio di 8-8, perché sono già le 21:17 e al livello del prato la pallina è ormai quasi impossibile da vedere. Proprio allora l'ultimo dritto di Federer incappa nella rete e Nadal non si fa pregare.

Il giornalista statunitense Jon Wertheim di «Sports Illustrated» ha dedicato a quel match epico un intero libro, *Strokes of Genius* [Colpi di genio], e nell'estate del 2018 il canale televisivo «Tennis Channel» ha prodotto un documentario di due ore dallo stesso titolo. Si può dire che quella finale sia stata la più grande partita nella storia del tennis? Il gioco sfoderato dai due contendenti non è stato il migliore mai visto, perché quell'estate Federer non era in forma impeccabile, anzi, ha ritrovato il suo spirito battagliero solo all'ultimo momento, nel bel mezzo della finale, quando lo svantaggio sembrava ormai incolmabile. Eppure la drammaturgia di quello scontro tra titani, durato quattro ore e quarantotto minuti, non verrà forse mai superata.

Il francese Richard Gasquet, che ha avuto spesso l'onore di giocare contro entrambi (il bilancio contro Federer è di 2-17, quello contro Nadal di 0-16), riassume in poche parole i rispettivi punti di forza. Nel libro del giornalista argentino Sebastián Fest, esperto di tennis, si cita una sua frase sulla rivalità Federer-Nadal: «Le palle di Federer sono veloci, non ti lascia un attimo di requie, colpisce la pallina nel momento del rimbalzo e così guadagna qualche frazione di secondo, mettendo in difficoltà l'avversario. Le palle di Nadal sono pesanti, pesantissime. Le vedi arrivare, ma quando arrivano ti spostano. Ci vuole molta stabilità per riceverle. Nessun altro spara delle cannonate simili».

Il micidiale dritto di Nadal – certi colpi nei quali la pallina ruota sul suo asse tra le cinquanta e le ottanta volte al secondo – crea dei seri grattacapi anche a Federer. Per farsi un'idea delle difficoltà che lo affliggono (o che per molto tempo lo hanno afflitto) nelle sue partite contro lo spagnolo, vale la pena rispolverare la buona vecchia storia di Achille. Il leggendario eroe della mitologia greca era invulnerabile perché sua madre, la ninfa Teti, lo aveva immerso da bambino nelle acque del fiume Stige. Dal momento che lo teneva per il calcagno, però, quel punto era rimasto asciutto: il famoso tallone d'Achille. Il tallone d'Achille di Federer è il rovescio a una sola mano, e chi meglio di Nadal, con il suo possente dritto mancino, può bersagliare senza pietà quel punto debole?

Tanto lo svizzero trova stremanti quei duelli, tanto lo spagnolo li trova facili, come scrive nella sua divertente autobiografia uscita nel 2011, *Rafa*: «Se devo colpire la palla venti volte sul rovescio di Federer, devo colpirla venti volte, non diciannove. [...] Anche se intravedi la possibilità di aumentare la pressione e prendere l'iniziativa, continua a colpire sul rovescio, perché alla lunga, nel corso di tutta la partita, è questa la scelta migliore. Ecco in che cosa consiste il piano. Non è complicato, non si può neppure chiamarla "tattica"». E ancora: «Con Federer bisogna insistere sul rovescio, fargli colpire una palla alta, obbligarlo a sventolare la racchetta all'altezza del collo, metterlo sotto pressione e sfiancarlo. Bisogna individuare i suoi punti deboli nel gioco e nel morale». E Nadal ci riesce sempre, sotto gli occhi compiaciuti di suo zio Toni, che siede sugli spalti. È stato proprio lui, suo zio, a spingere il giovane spagnolo a impugnare la racchetta con la sinistra da ragazzino: per regalargli un vantaggio contro gli avversari, che giocano quasi sempre con la mano destra.

Federer se la lega al dito. Nadal è diventato un'ossessione. Dopo la sconfitta alla finale degli Australian Open nel 2009 l'ex mago del tennis, che teme di avere perso la sua magia, scoppia addirittura a piangere durante i commenti a caldo, e tocca proprio allo spagnolo, che lo ha appena massacrato, cercare di consolarlo. Nadal diventa la sfida di tutte le sfide. Federer inizia a lavorare su quel tipo di gioco già nel 2005 con un altro mancino, l'australiano Tony Roche. Eppure soltanto nel dorato autunno della sua carriera riuscirà a risolvere l'enigma. Lo aiuta anche la lunga pausa di riflessione che è costretto a prendersi nel secondo semestre del 2016 per via dei suoi disturbi al ginocchio. Nel 2017 torna all'assalto e attacca Nadal con rinnovato slancio e una strategia nuova. Il suo rovescio si è fatto molto più aggressivo, e la dinamica della partita si rovescia a tutto svantaggio del rivale. Blocca i colpi al volo invece di puntare sullo slice, come faceva un tempo, e negli scambi non cede più terreno dalla parte del rovescio, ma preferisce colpire la pallina dalla linea di fondo, cioè in termini di attacco.

L'esperto di tennis Heinz Günthardt spiega: «Così facendo neutralizza almeno in parte gli effetti che Nadal imprime alla pallina, e riesce a colpire di rovescio con più slancio. Certo, occorre per forza di cose un timing impeccabile». In termini puramente tecnici Federer non cambia nulla di sostanziale, ma gioca con una mentalità nuova e lavora in modo più dinamico sulle gambe, trasformando il suo punto debole, il rovescio, in un'arma letale. Così facendo alla finale degli Australian Open del 2017, il loro undicesimo duello valido per uno Slam, riesce a spuntare oltre il cinquanta per cento degli scambi nei quali risponde allo spagnolo di rovescio. Nel quinto set, che Federer riesce a portare da 1-3 a 6-3, ben otto palle vincenti sono proprio dei colpi di rovescio. Ed ecco che all'improvviso la ricetta anti-Federer brevettata da Nadal non funziona più. L'analista australiano Craig O'Shannessy ha scritto: «Fino a qualche tempo fa il rovescio era il punto debole di Federer, quello che i suoi avversari prendevano di mira. Ora nessuno sa più come giocare contro di lui. Si ha quasi l'impressione che ormai Federer colpisca in dritto da tutte e due le parti». Quali miracoli può fare un piccolo aggiustamento tattico!

La posta in gioco è vertiginosa, e per lunghi anni i due rivali hanno battagliato per strapparsi l'un l'altro la corona del tennis mondiale: eppure Federer e Nadal sembrano andare d'amore e d'accordo. Lo svizzero è il primo a tentare l'approccio: all'epoca Nadal è ancora timido in campo e parla molto male l'inglese. Nell'ottobre del 2005, quando parte il torneo di Basilea, Federer va a trovarlo in camera sua per scambiare quattro chiacchiere. Entrambi devono saltare gli Swiss Indoors per ragioni di salute, ma Nadal è venuto comunque per incontrare il direttore del torneo, Roger Brennwald. Federer e Nadal parlano dei loro infortuni, della loro stagione e dei loro progetti per i mesi a venire.

Uno scambio così disinvolto, anche se dura solo venti minuti, sarebbe stato impensabile tra McEnroe e Connors, oppure tra Agassi e Sampras, che pure erano tutti compatrioti. E Ivan Lendl non stava simpatico a nessuno. Un giocatore come Connors, per il quale il tennis era una cosa dannatamente seria, non riesce ancora a capacitarsi dell'intesa personale tra Federer e Nadal. Probabilmente i loro buoni rapporti si spiegano anche con il fatto che in termini umani, nonostante un'irriducibile rivalità sul campo, hanno molte cose in comune. Entrambi hanno il culto della famiglia, entrambi sono cresciuti nel rispetto degli stessi valori e ricercano una vita privata stabile alla quale appoggiarsi. Nadal ha sempre fatto coppia fissa con Xisca Perelló, Federer vive con Mirka da oltre diciotto anni. Ed entrambi gli atleti, pur potendo contare sul sostegno incondizionato dei genitori, hanno ricercato fin da giovanissimi la guida e la protezione di altre figure.

I rapporti si incrinano appena dopo l'epica finale del 2006 al Foro Italico di Roma, durata oltre cinque ore: lo svizzero, in leggero svantaggio, protesta perché gli sembra che Nadal se la prenda comoda tra i punti. E lo spagnolo si offende. Eppure, nonostante il rancore covi per anni, anche a causa dei giornalisti che non si fanno pregare per soffiare sulle braci, quell'attrito non degenera mai in un conflitto aperto. I due rivali si rispettano troppo. A volte volano scintille anche in sede di consiglio dei giocatori, che Federer ha presieduto per molti anni con Nadal come vice. Lo spagnolo rimprovera a Federer di non avere dato il giusto peso alla riforma del calendario dei tornei, troppo denso, tanto è vero che nel 2012 rassegna le dimissioni.

A dominare, però, è perlopiù la simpatia reciproca. Quando nel 2010, a Zurigo, i due ce la mettono tutta per registrare insieme un breve filmato pubblicitario per il Match for Africa di quell'anno, il risultato è un siparietto delizioso. La sceneggiatura è quanto di più semplice:

> FEDERER: Senti, Rafa, sai già che cosa regalarmi per Natale?
> NADAL: Vengo in Svizzera a giocare un'amichevole contro di te per la tua Fondazione.
> FEDERER: Che pensiero gentile!
> NADAL: E a me tu che cosa regali?
> FEDERER: Ti lascio vincere il primo set.
> NADAL: Grazie, non dovevi.

I due provano e riprovano per venti minuti buoni prima di riuscire a infilare una ripresa accettabile, perché a Federer viene da ridere ogni volta che alza gli occhi su Nadal, e Nadal si lascia contagiare. L'evento, ospitato dallo Hallenstadion di Zurigo, è un successone, e l'indomani i due si danno nuovamente battaglia a Madrid per la Fondazione di Nadal. Intuiscono molto presto quello che possono realizzare lavorando insieme, per cui nell'ottobre del 2016, quando Nadal inaugura la sua Accademia del tennis a Maiorca, con lui c'è anche Federer: la sua presenza garantisce all'evento una maggiore visibilità. Quando nel settembre del 2017, a Praga, i due giocano per la prima volta in doppio alla prima edizione della Laver Cup, per una volta compagni di squadra, lo spettacolo è quasi commovente. E quando nell'ultimo singolare Federer mette a segno il punto decisivo per gli europei,

Nadal gli si appende al collo. E non per danneggiare la sua schiena sempre cagionevole, o almeno così si presume.

Dopo l'esperienza della Laver Cup lo svizzero descrive così il suo rapporto con Nadal: «Sul campo ci siamo battuti all'ultimo sangue, e abbiamo avuto anche delle divergenze di opinioni. Però più la rivalità si inaspriva, più capivo quanto Rafa è stato importante per la mia carriera. Per me sarà sempre l'avversario numero uno. Mi ha aiutato a evolvere, a migliorare come giocatore. Se non fosse mai sceso in campo avrei vinto meno, perché la presenza di Rafa è sempre stata per me uno stimolo supplementare».

Insomma, se non fosse mai spuntato il piccolo selvaggio di Maiorca, con i suoi colpi devastanti che mandavano in frantumi il gioco di Federer, lo svizzero non avrebbe mai vinto quei famosi trenta Slam, ma si sarebbe ritirato troppo presto dalla competizione per vivere da tennista emerito. Non è forse vero che spesso impieghiamo del tempo per dare il giusto valore ai doni che la vita ci ha fatto? E che a renderci più forti sono proprio le cose per le quali dobbiamo lottare con più accanimento?

Un classico in salsa moderna

Ogni tanto giova riguardarsi una partita di Roger Federer, spiega Christophe Freyss. Riguardarsela per bene, senza lasciarsi distrarre. Anche soltanto un set. «Averlo visto fiorire così è stata una grande gioia» ha dichiarato il sessantunenne francese. «E sono fiero di aver investito tanto lavoro nella sua crescita. Roger è l'emblema di tutti i valori che amiamo in questo sport. E le cose gli riescono con tale naturalezza!». Freyss è l'allenatore nazionale di Swiss Tennis quando il giovane talento di Basilea, all'epoca quattordicenne, viene accettato all'Accademia di Ecublens nel quadro di un programma nazionale di formazione che combina il tennis con le scuole superiori. Dopo l'esame di ammissione, che prevede anche un'amichevole, Freyss riconosce al giovane protetto del circolo Old Boys di Basilea «una disposizione naturale accompagnata da una tecnica di base senza gravi difetti», come scrive all'epoca la «Basler Zeitung». Non si direbbe il ritratto di un atleta destinato a infrangere ogni record. All'epoca, però, sarebbe stato controproducente illustrare in pubblico pregi e difetti di un tennista ancora adolescente. Anche se gli uni e gli altri erano già ben definiti.

Freyss elogia senza riserve il dritto di Federer, già eccellente nel quattordicenne: «Il modo in cui preparava il colpo era irreprensibile, come del resto il suo modo di posizionarsi rispetto alla pallina e di lasciare gioco alla racchetta nel momento dell'impatto per poi tornare ad accelerare con il polso. Quel polso! Riesce a fare di tutto con quel polso: riesce a imprimere più velocità o più effetto o una direzione imprevista alla pallina praticamente all'ultimo momento». Il suo compito di allenatore, di fronte a quel dritto, era innanzitutto di proteggerlo, non di cambiarlo, perché cambiare alcunché avrebbe compromesso la fluidità del gesto. L'unico consiglio che si era permesso di dare al giovane Federer era stato di ampliare ancora il movimento per guadagnare in controllo.

Il dritto di Federer è rimasto lo stesso di allora, continua Freyss: inconfondibile, tecnicamente inappuntabile, unico al mondo. L'aria di bravura del repertorio di Federer. Lo scrittore statunitense David Foster Wallace, suo grande ammiratore, lo ha descritto come «una frustata ampia e fluida» («a great liquid whip»). L'analista americano John Yandell, che dirige il portale «Tennisplayer.net», riservato agli specialisti del tennis, ha dedicato lunghe ore allo studio del dritto di Federer in video, e ha contato ben 26 varianti del colpo, diverse tra loro per la ripartizione dei carichi, la presa, il ruolo del polso e l'ampiezza del movimento. Quel gran numero di varianti consente a Federer di mettere a segno punti vincenti praticamente da ogni posizione. In fatto di impugnatura e movimento del braccio la sua impostazione appare piuttosto conservatrice, la stessa che si tende a consigliare a chi gioca per passatempo: è l'esecuzione a rendere ogni colpo così speciale.

Dritto a parte, però, Freyss giudicava che ci fosse ancora del lavoro in previsione per il quattordicenne. In particolare sul rovescio in topspin, che lasciava molto a desiderare: «Si aveva l'impressione che quel colpo lo spaventasse. Non riusciva a controllare bene la palla, forse non ci aveva lavorato a sufficienza, perché in partita gli conveniva evitarlo». Qualcosa non tornava, fosse la preparazione del colpo, la ripartizione dei carichi, la posizione delle gambe e delle spalle. In breve: «Abbiamo dovuto ricominciare da zero, reinventare il colpo». Freyss ha osservato anche un'altra cosa: quando colpiva un rovescio in slice, Federer tendeva a rovesciare la testa all'indietro al momento dell'impatto, come esprimendo in maniera inconscia una sorta di riserva. Freyss si domanda addirittura se non sia il caso di fargli eseguire il rovescio a due mani. «No, meglio di no, le cose andavano già abbastanza bene così, Roger aveva un eccellente senso della palla anche dal lato del rovescio. Se per colpire avesse dovuto utilizzare anche la sinistra, l'intera coreografia del suo gioco si sarebbe scardinata».

Lo stesso Federer, in realtà, si era posto il problema del rovescio a due mani, perché sentiva di non riuscire a imprimere alla pallina una forza sufficiente con un braccio solo, per cui giocava sempre in slice. All'età di dodici anni, a un torneo in Francia, prova a impugnare la racchetta a due mani: «Ma non funzionava, mi faceva male dappertutto, al petto, al polso. Il rovescio a una mano lo sentivo più libero, mi andava bene così» avrebbe ricordato. In allenamento, un po' per scherzo, avrebbe provato di quando in quando a colpire qualche palla a due mani: esistono anche dei video. L'impressione non è cattiva, anzi, ma il gesto ha qualcosa di innaturale. Come se in campo ci fosse qualcun altro che gioca con una maschera di Federer sul viso.

A un certo punto, ma quando ormai era già troppo tardi per cambiare sistema, il dilemma del rovescio di Federer – conviene giocare con una mano o con due? – si trasforma in un dibattito di dominio pubblico, perché un certo Rafael Nadal aveva imparato a scardinare il rovescio a una mano di Federer come nessun altro: impugnare la racchetta con due mani sul suo lato più debole avrebbe regalato allo svizzero una maggiore stabilità. Il leggendario coach statunitense Nick Bollettieri, sotto la cui ala sono cresciuti mostri sacri del calibro di Andre

Agassi, Jim Courier, Monica Seles o Marija Šarapova, ha ipotizzato una volta che passando al rovescio bimane Federer avrebbe aumentato ancora le sue chance di vittoria: «A quel punto avremmo avuto un marziano, un giocatore praticamente imbattibile». Eppure Heinz Günthardt, che ha commentato per la televisione svizzera un numero incalcolabile di match del Maestro, non vuole sentire ragioni: «La tecnica di Federer sui piedi è tutta in funzione del rovescio a una mano. Spesso riesce a fare un passo in più da quella parte e prende in rovescio una pallina che a due mani risulterebbe irraggiungibile». Senza contare che la presa a una mano è un grosso vantaggio nelle volée (perché non occorre cambiare l'impugnatura sul manico) e nel rovescio in slice. Günthardt ne deduce che «il rovescio a una mano comporta vantaggi e svantaggi. Nel caso di Federer, però, si adatta a meraviglia allo spirito del suo gioco». E grazie a Nadal, che sul campo lo ha sempre spremuto come un limone, il rovescio in topspin risulta oggi il colpo che si è più evoluto nel corso della carriera di Federer.

Federer è stato un buon allievo, ma anche un allievo difficile, ricorda Freyss a proposito dei suoi anni a Ecublens: «Un buon allievo perché sapeva sempre applicare all'istante le nozioni che acquisiva: bastava spiegargli le cose una volta. Era talmente pieno di zelo e avido di nuove conoscenze che metteva quasi paura. Un allievo difficile perché si arrabbiava subito quando qualcosa non gli riusciva». Per quanto concerne il modo di colpire la pallina, Federer aveva colmato le sue lacune con tale rapidità che nel giro di un solo anno sembrava già destinato a fare grandi cose. «Però aveva un caratteraccio collerico, facile alla frustrazione. Temevo che se fosse andato avanti così si sarebbe trovato in situazioni difficili. Se fosse riuscito a superare quell'ostacolo, invece, nessuno lo avrebbe più fermato». Adesso i colpi erano a posto, e in fatto di creatività e senso della palla il ragazzo non era mai stato secondo a nessuno.

Eppure, proprio mentre Federer impara un po' per volta a mantenere i nervi sotto controllo, emerge un problema di altro tipo: le possibilità a sua disposizione per chiudere un punto sono talmente numerose e varie che lui stesso si confonde; ha l'imbarazzo della scelta. E nel tennis ogni cosa accade in tempo reale: esitare anche solo per una frazione di secondo significa spesso cedere il punto. Nel 2004, dopo il suo secondo trionfo a Wimbledon, lo stesso Federer, tirando le somme, medita su questo aspetto in un'intervista con l'«Observer»: «La mia tavolozza di colpi era troppo ricca, e questo era un problema. Ti arriva una palla lenta e inizi a domandarti: "E adesso questa come la prendo?". Quando le possibilità sono poche, è facile: hai in repertorio un solo colpo per ciascuna situazione, e quindi usi quello. Io mi perdevo nelle troppe opzioni che avevo: ho dovuto imparare a scegliere il colpo giusto e la tattica giusta, rinunciando a mettere al primo posto lo spettacolo. Mi è toccato anche riconoscere una debolezza: quando sono approdato al circuito professionistico mi piaceva pensare che avrei potuto regalare al tennis qualcosa di speciale. In campo me la tiravo un po', giocavo per fare scena». Lleyton Hewitt, il suo rivale all'epoca dei tornei juniores, più limitato nelle sue possibilità, aveva vinto gli U.S. Open già all'età di vent'anni, scalando la graduatoria fino a conquistare il primo posto. All'epoca Federer si stava ancora cercando come giocatore.

Ancora oggi l'opinione più accreditata tra i cultori di tennis è che Federer sia un atleta che gioca innanzitutto per istinto. Eppure Craig O'Shannessy di Brain Game Tennis, lo specialista di analisi strategica le cui indicazioni tattiche hanno aiutato Novak Djokovic a conquistare Wimbledon nel 2018, non è per nulla d'accordo: «Roger procede in modo molto mirato. Prima di ogni punto valuta quanto gli serve davvero. E dosa i rischi di conseguenza. Si domanda: "Mi conviene scegliere il colpo che sento più congeniale? Oppure quello che rischia di spiazzare l'avversario?". Spesso, sul 30:0, serve delle palle che gli offrono meno possibilità, ma che l'altro magari non si aspettava. Non sempre chiude il punto in suo favore, ma è riuscito a destabilizzare l'avversario. Nella sua testa è sempre in anticipo di una mossa o due».

O'Shannessy dice di aver imparato moltissimo dallo studio del gioco di Federer. Per esempio l'australiano ha analizzato i suoi punti a parità di situazioni di gioco, distinguendo tra modelli primari e secondari. I modelli primari sono gli elementi centrali che fanno un tennista, i suoi punti di forza, le carte che tende a giocare sempre. Nel caso di Federer, per esempio, un servizio verso l'esterno seguito da un dritto, oppure l'abitudine di attaccare in dritto sul rovescio dell'avversario. Schemi che si sono mantenuti negli anni. Quelli che Craig O'Shannessy chiama modelli secondari, invece, sono gli stilemi che un tennista sceglie per variare il suo gioco e per sorprendere l'avversario. Chi colpisce la palla sempre allo stesso modo diventa prevedibile. Per questo l'approccio migliore è mescolare i modelli. Lo specialista di analisi strategica porta l'esempio della battuta di Federer: «Gli piace servire verso l'esterno, ma sul 30:0 adotta spesso una traiettoria più centrale. Così al successivo turno di servizio l'altro si domanda: "E ora dove la manda, la palla? Nell'ultimo game l'ha giocata al centro". Così facendo Federer confonde l'avversario: un approccio di alta strategia».

O'Shannessy è convinto che il servizio sia uno degli aspetti meno apprezzati dello stile di Federer. Forse perché non batte con violenza brutale come i cannonieri più noti. Eppure l'analista è sicuro del fatto suo: «In battuta Federer è uno dei giocatori più forti della storia. Colpisce la palla con estrema precisione e sa per intuito quanta forza occorre imprimere, quali rischi ammette una data situazione. Tiene conto di molti più fattori rispetto ad altri. Per esempio si fa un'idea del punto in cui l'avversario si aspetta la palla. Oppure termina la battuta preparando già la risposta in dritto. Oppure recupera a sorpresa la variante *serve-and-volley.* Per giunta il suo servizio non è mai facile da leggere, perché lancia la pallina sempre alla stessa altezza». Federer, infine, surclassa tutti anche per il numero di ace. Dal 2017, a Wimbledon, è entrato nel Club dei 10.000, preceduto solo da Goran Ivanišević e dal gigante croato Ivo Karlović, alto 2 metri e 11. «Il movimento in battuta è sempre venuto piuttosto naturale» ha spiegato Federer: «Mi si potrebbe svegliare di botto alle tre del mattino e servirei esattamente come dopo il riscaldamento». Peraltro la meccanica della sua battuta è talmente fluida che lo svizzero non ha mai avuto problemi alla spalla.

Quando da giovane Federer inizia a giocare nel circuito professionistico si ispira ai suoi idoli Pete Sampras, Stefan Edberg e Boris Becker, che cercavano spesso di portare la partita sottorete. Quando nel 2001 affonda Sampras agli ottavi di finale di Wimbledon, vince adottando in prevalenza lo schema *serve-and-volley*, tanto che lo si vede in continuazione nei paraggi della metà campo. Nei suoi anni di predominio, invece, si affida per lo più al gioco da fondocampo, nel quale eccelle. Poi, quando inizia a non essere più il migliore nel gioco dal fondo, ritrova il tennis di attacco che giocava da giovane. Il suo repertorio è talmente vasto da consentirgli di adattare il suo stile all'avversario che ha davanti. Così, mentre Hewitt ha già abbandonato da un pezzo, Federer continua a collezionare Slam. È entrato nell'autunno dorato della sua carriera, anzi, forse è più forte oggi di quanto non fosse all'epoca in cui vinceva tutto. Così la pensa quanto meno il suo ex coach Paul Annacone. E ogni tanto Federer dimostra che anche nel tennis moderno si possono portare a casa le partite con il classico *serve-and-volley* e il gioco sottorete. «È sempre stato un buon giocatore al volo» sostiene Freyss. «Oggi ritrova quell'impostazione, perché è costretto ad abbreviare gli scambi».

Per Günthardt lo svizzero è «la prova vivente del fatto che occorre sempre giocare in modo un po' diverso dall'ultima volta. Il gioco di Federer è addirittura démodé. Dimostra che a regalare la vittoria non è tanto lo stile che si sceglie di praticare, quanto piuttosto il modo in cui si legge giorno dopo giorno l'impostazione che si è adottata. Ancora oggi le partite si possono vincere a suon di slice. Ma occorre assestare il colpo giusto al momento giusto, nel punto giusto, e farlo con assoluta fluidità. Come si vede, anche il vecchio *serve-and-volley* paga ancora. È questo a rendere il tennis uno sport così affascinante: è pieno di misteri, refrattario agli schematismi».

O'Shannessy considera Federer un giocatore completo, e quindi un giocatore senza tempo, talmente versatile che avrebbe trionfato anche nell'era delle racchette di legno. Per i commentatori è il miglior esempio pratico: «Troppo pochi tennisti studiano il suo gioco per cercare di capire che cosa lo renda un atleta così grande. Molti sono convinti che non si possa imitare perché è un fenomeno. Balle! Copiatelo, invece! Non c'è modello più istruttivo di lui, perché Federer è un tennista completo, perché non c'è una spanna di campo che non sappia sfruttare a proprio vantaggio». Una volta Ivan Lendl ha ammesso che Federer è l'unico collega che guarda giocare per via dei suoi colpi, perfino quando si allena.

Volteggiare come una farfalla: Federer atleta

È giunta l'ora di fare piazza pulita di un luogo comune erroneo sul conto di Roger Federer: l'idea che il suo talento innato sia talmente straordinario da consentirgli di vincere senza lavorare duro. Una superstizione comprensibile, perché lo svizzero fa sembrare le cose più semplici di quanto non siano in realtà. Quando poi lo si guarda allenarsi durante i tornei, così sciolto e leggero, mentre un Rafael Nadal, quando è impegnato in un torneo del Grande Slam, picchia duro sul campo anche nei giorni in cui non deve giocare, come per recuperare tutto il tempo perduto, viene quasi da crederci davvero. In realtà Federer fa un lavoro durissimo, solo che lo fa lontano da occhi indiscreti, nelle parti dell'anno che dedica alla preparazione atletica. Basti citare un aneddoto riferito da Günter Bresnik, l'allenatore che ha portato al successo Dominic Thiem, astro nascente del tennis austriaco: «Federer lavora sodo, lo so per certo. Lo conosco fin da quando era un ragazzo. Nel 2009 l'ho visto prepararsi insieme a Stefan Koubek in vista degli Open di Francia. Koubek, noto per la sua forma fisica smagliante, era uno dei tennisti più atletici del tour. Eppure dopo un paio di giorni viene da me e mi dice: "Günter, non ce la faccio più. O con Federer ci alleniamo a tennis oppure facciamo la preparazione atletica. Le due cose insieme non le reggo"».

Anche l'arcirivale di Federer, Rafael Nadal, ha fatto l'errore di credere, come tanti, che tutto gli riesca senza sforzo. Nella sua autobiografia, *Rafa*, scrive: «Mi capita spesso di giocare sopportando un dolore, credo che sia così per tutti i grandi sportivi. Tutti, eccetto Federer. Per quanto mi riguarda, devo modellare e costringere il mio corpo a tollerare il continuo stress muscolare che il tennis impone, mentre lui sembra essere nato per giocare. Il suo fisico e il suo DNA sono predisposti per il tennis, tanto da renderlo immune agli infortuni che il resto di noi giocatori è destinato a subire. Dicono che non si alleni così duramente. Non so se sia vero, ma ci sarebbe da aspettarselo».

Forse Nadal ragiona così per garantirsi un ulteriore incentivo nella sua rivalità con Federer. Forse si è lasciato abbagliare dal suo virtuosismo ludico e ha sottovalutato l'investimento fisico richiesto anche al tennista di Basilea, come a tutti. Il preparatore atletico Pierre Paganini nega in modo addirittura categorico che il suo protetto se la prenda comoda. In un'intervista rilasciata al «New York Times» al termine della stagione 2012, nel corso della quale, grazie alla sua vittoria a Wimbledon, Federer aveva riconquistato per qualche mese la prima posizione nel ranking mondiale, Paganini metteva bene in chiaro un punto: il fatto che nel suo gioco la componente fisica non fosse in primo piano come nel tennis del nerboruto Rafael Nadal o dello sgusciante Novak Djokovic non significava che per lui non contasse. Al contrario. È addirittura convinto che Federer debba curare la propria forma fisica in modo tanto più maniacale quanto più vario e versatile risulta il suo gioco: «Cambiare spesso approccio significa dover contare anche su un gioco di gambe più duttile. E questo significa dover lavorare in modo mirato per riuscire a tirare fuori degli schemi di gioco in partita». Per spiegarsi ancora meglio Paganini ricorre a un'analogia: «Prendi uno che parla bene inglese e francese; poi prendi un altro che parla inglese, russo, giapponese, spagnolo e cinese. Per me Roger è di quest'ultimo tipo. Sul campo è un poliglotta!». Naturalmente occorre un grande talento naturale per imparare a padroneggiare tante lingue. Però occorre anche investire molto tempo e molta energia per coltivarle.

L'incontro con Paganini è stato un colpo di fortuna per Federer: Paganini è ben più che un preparatore atletico; è innanzitutto un amico e un consigliere dai modi paterni. Tutte le decisioni importanti passano al suo vaglio. Il suo primo incontro con l'allora tennista in erba risale all'epoca in cui Federer aveva solo tredici anni. Quando nel 1995 lo svizzero passa l'esame di ammissione al programma di Swiss Tennis a Ecublens, Paganini segue l'allenamento fisico dei ragazzi e si occupa degli aspetti amministrativi. Al termine dei tre giorni di prove di ammissione, che prevedono test sui dodici minuti di corsa, circuiti vari, dimostrazioni di colpi e un'amichevole, Federer si classifica al primo posto a livello nazionale tra gli atleti del suo anno. È uno dei quattro candidati che passano su sedici aspiranti. In termini puramente fisici, però, Paganini vede ancora un ampio margine di crescita. Nella sua veste di responsabile amministrativo della scuola si occupa anche di selezionare le famiglie ospitanti presso le quali far vivere i ragazzi. Nel caso di Federer, la sua scelta, i Christinets, si rivela azzeccata. Senza di loro il giovane tennista, che soffre di una terribile nostalgia di casa e quasi non parla il francese, avrebbe interrotto quasi subito i suoi anni di apprendistato nella Svizzera francese.

Sul campo, grazie alla scioltezza del suo gioco, Federer riesce a nascondere bene le sue carenze atletiche, almeno finché si tratta di battere i connazionali. Nonostante le sue inclinazioni ludiche e il suo scarso gusto per gli esercizi ripetitivi, però, si lascia conquistare da Paganini e dal suo approccio alla preparazione atletica: anche gli esercizi sono studiati per assomigliare il più possibile al tennis. A Paganini non interessano gli avambracci nerboruti e le prestazioni sui cento metri. La domanda che si pone in continuazione è: quali aspetti sono utili sul campo? Mette a punto per Federer un piano triennale, e in quel lasso di tempo riesce a farne un atleta più che rispettabile. A diciassette anni il giovane tennista se la vede con i migliori sprinter della zona, almeno sui primi trenta metri, nel test di Cooper percorre 3,3 chilometri in 12 minuti e macina squat con 150 chili sulle spalle. Paganini riesce anche a fare del suo allievo migliore un atleta esplosivo, resistente e forte al tempo stesso. Nel 2000, soddisfatto dei suoi progressi, Federer ingaggia a titolo privato l'ex preparatore atletico, che è nato nella Svizzera francese ma parla correntemente anche lo svizzero tedesco. Da allora Paganini lo segue circa 140 giorni a stagione, ai quali più tardi aggiunge ulteriori 70 giorni destinati a Stan Wawrinka, che pure ha scelto di affidarsi ai suoi servigi.

Se oggi Federer riesce ancora a imporsi, invece di indossare le pantofole, è proprio perché la preparazione atletica è sempre stata una delle sue priorità. Ogni anno si sottopone a tre-quattro cicli di allenamento intensivo di due-quattro settimane ciascuno: salvo imprevisti, uno in febbraio, dopo gli Australian Open, uno prima della stagione sul rosso, uno in settembre-ottobre, dopo gli U.S. Open, e uno in dicembre, quando il calendario è sgombro. Tre-cinque settimane aggiuntive vengono distribuite sull'arco dell'anno. Sono giornate all'insegna del sudore, a base di esercizi propedeutici, riscaldamento, *conditioning*, tennis e massaggi: non di rado si inizia alle 7:30 del mattino e si finisce alle 18:00 o alle 19:00. Dal momento che Federer non ha l'abitudine di condividere foto o video su Twitter, Instagram o Snapchat ogni volta che si allena, a differenza di tanti colleghi, quando non gioca si

Da bambino e da ragazzo Federer ha praticato più di uno sport. È soprattutto il calcio ad attirarlo. Poi, intorno ai dodici anni, sceglie il tennis, anche perché già all'epoca è un atleta di livello nazionale.

ha la sensazione che rimanga allungato da qualche parte in riva al mare oppure esca a passeggiare in montagna con la famiglia. E pensare che lo fa molto di rado.

Un dettaglio interessante: sia Federer che Nadal, i due maggiori tennisti della storia, misurano ufficialmente 1 metro e 85 e pesano 85 chili. Eppure la loro struttura è completamente diversa. Lo spagnolo ha due bicipiti da culturista, mentre la parte superiore dello svizzero è sorprendentemente snella. Le gambe di Federer sono possenti, ma nulla di impressionante in termini di massa. È raro che Paganini faccia lavorare i suoi atleti con carichi impegnativi: un fisico troppo muscoloso sarebbe più che altro di ostacolo. «In Federer si osserva un equilibrio ideale tra la potenza e il peso corporeo» osserva Heinz Günthardt. «Esistono tennisti anche più veloci. Ma lui è bravissimo a giocare d'anticipo, è molto mobile e può contare su un equilibrio straordinario. Grazie a tutti questi pregi riesce a controllare la pallina anche quando la raggiunge appena, con il corpo interamente proteso».

Se volete misurare l'eccellenza del gioco di gambe di Federer, attendete il prossimo match e tentate almeno una volta il seguente esperimento: lasciate perdere la pallina e guardategli i piedi. Vedrete subito con quanta leggerezza si muove, con che rapidità riesce a cambiare direzione, come guadagna passettino a passettino una posizione vantaggiosa rispetto alla palla. Craig O'Shannessy, esperto di tennis, osserva: «Praticamente galleggia con il tronco in verticale. Altri calcano il terreno come elefanti; lui, agendo sulla flessibilità delle giunture a livello di caviglia, ginocchio e anca, riesce a non disperdere energie. Con Federer non vedi mai lo *stop-and-go*: gli basta avere i piedi a contatto con il terreno per ripartire di slancio. Così facendo, peraltro, sottopone il suo fisico a un minimo di usura. È quella, secondo me, la chiave della sua longevità». Viene da pensare alla celebre frase del pugile Muhammad Ali: «Volteggia come una farfalla, pungi come un'ape». Federer volteggia per il campo da tennis e poi colpisce, perlopiù in dritto.

John McEnroe, temuto in gioventù per le sue escandescenze in partita, e oggi apprezzato per le sue opinioni sempre molto personali di commentatore televisivo, ha chiamato una volta Federer il Baryšnikov del tennis. Era un complimento, perché il ballerino sovietico Michail Baryšnikov, che dopo l'emigrazione in Nord America si è imposto anche come coreografo, oltre a comparire nella serie televisiva *Sex and the City*, è considerato uno dei danzatori più aggraziati della storia. Il paragone tra il gioco dello svizzero e il balletto classico, caro anche a Paganini, coglie nel segno, perché gli aspetti che più colpiscono in Federer sono la leggerezza nei movimenti e il suo senso dell'equilibrio. Anzi, non colpiscono, perché riesce a farli sembrare scontati. Il gioco di gambe di Federer si nota soltanto quando qualcosa va storto. Quando raggiunge la pallina con una frazione di secondo di ritardo, quando l'equilibrio si incrina. In quei momenti, all'improvviso, ci appare come un comune mortale: come un mago al quale abbiano portato via la bacchetta. Lui stesso ha affermato: «Solo la mia forma fisica mi ha consentito di giocare come gioco oggi. Senza tutta quella preparazione atletica non sarebbe stato possibile. All'improvviso, a un certo punto, riuscivo a recuperare delle palle che prima mi sarebbero sfuggite, e da quel momento, grazie al mio talento, alla mia coordinazione occhio-mano e alla tecnica che avevo sviluppato, hanno iniziato a riuscirmi dei colpi che non avrei mai creduto di poter giocare. Soltanto allora ho iniziato a divertirmi davvero. Ho iniziato a funzionare a pieno regime».

Alla base della sua forma fisica ci sono i cicli di allenamento che Paganini programma ogni anno. Non è un caso, insomma, che la sua prima grande crisi creativa cada nel 2008, dopo avere contratto in dicembre una mononucleosi infettiva che non gli consente di allenarsi come al solito. E quando al termine della stagione 2012, intensa e ricca di successi, con le sue 83 partite disputate, Federer aggiunge una tournée di dieci giorni in Sudamerica per disputare amichevoli a São Paulo, Buenos Aires e Bogotá, invece di dedicarsi come al solito alla preparazione atletica, i risultati lo penalizzano. Nel corso dell'anno successivo la schiena torna a farsi sentire e gli toglie il mordente di cui avrebbe avuto bisogno. Segno che Federer è un comune mortale e che mantenere il giusto equilibrio fisico non ha nulla di scontato, nemmeno per lui.

Anche quello che Nadal scrive nella sua autobiografia, dove sostiene che lo svizzero sarebbe magicamente immune agli infortuni, non è del tutto corretto, si capisce. Anche il fatto che non abbia mai riportato lesioni gravi e che perfino il suo punto più debole, la schiena, sia rimasto per lo più sotto controllo, è merito degli allenamenti ai quali si sottopone e della strategia che li governa. Che Federer sappia ascoltare il proprio corpo si vede dal fatto che non ha dovuto rinunciare a nessuna delle 1400 partite disputate come professionista. Quando occorre prendersi una pausa per lavorare sui fondamentali e riprendersi, lui non se la nega; così facendo lavora in modo attivo alla prevenzione degli infortuni. Pianificare in modo intelligente vuol dire anche, talvolta, rinunciare. Dopo l'edizione 2016 del torneo di Wimbledon, per esempio, si concede una pausa di cinque mesi perché il suo ginocchio sinistro non si è ancora ripreso del tutto dall'operazione al menisco, e tende a provocare una distribuzione erronea dei carichi e altri problemi. È una scelta difficile, perché significa rinunciare ai Giochi Olimpici di Rio, ma poi, all'inizio del 2017, lo svizzero riesce ad accelerare di nuovo da 0 a 100.

Paganini ha trovato in Federer un atleta motivato, ma anche molto esigente; un allievo che pensa con la propria testa e non si limita a eseguire in modo meccanico quello che gli si chiede di fare. Per esempio nella già ricordata intervista con il «New York Times» il preparatore atletico racconta: «Quando abbiamo iniziato a lavorare insieme a tempo pieno, nel 2000, gli ho illustrato un esercizio complesso e gliel'ho visto migliorare via via mentre lavorava. Alla fine mi ha saputo spiegare perché gli avevo chiesto di eseguire quel genere di movimenti. Non solo era riuscito a padroneggiare l'esercizio nel giro di pochi minuti, ma aveva anche capito che cosa ci faceva nel programma. Lui non consuma: crea». Non di rado, per rimanere motivato, Federer propone di propria iniziativa delle varianti degli esercizi in programma. Da giovane, spiega Paganini, era un artista che viveva solo per la propria arte; con il passare degli anni è diventato un artista che capisce molto bene di che cosa ha bisogno per esprimere il suo virtuosismo.

Nel novembre del 2016, in occasione di un'intervista con il quotidiano zurighese «Tages-Anzeiger», Paganini ha invitato i lettori a sbirciare dietro le quinte per vedere come Federer si stava preparando al suo *comeback*: «Quello che non smette mai di affascinarmi in lui è la capacità di gioire per ogni piccolo progresso. Quando un atleta che ama il tennis come lo ama lui non può più competere da sei mesi, eppure si presenta ogni giorno all'allenamento con il sorriso sulle labbra, quella non è passione: è qualcosa di più. Già solo per questo lui è unico al mondo. Non deve niente a nessuno, ma lavora ogni giorno come se dovesse tutto a tutti. È talmente serio, talmente intenso, eppure così sciolto».

È raro che Paganini accompagni Federer in giro per tornei: il suo lavoro precede la competizione. Quando Federer è in tournée, a occuparsi di lui è il fisioterapista Daniel Troxler, che Federer conosce dai tempi delle Olimpiadi di Sydney (2000): all'epoca Troxler lavorava per Swiss Olympic. Ex atleta leggero, ha seguito per molti anni il maratoneta svizzero Viktor Röthlin. Quando il corridore si ritira, nell'autunno del 2014, Federer lo prende con sé nel suo team. «Le sue mani hanno poteri magici» fa sapere il fuoriclasse, estasiato.

Da bambino e da ragazzo Federer ha praticato più di uno sport. Oltre a lavorare sul tennis ha giocato a calcio, a pallamano, a basket, a ping-pong. È soprattutto il calcio ad attirarlo: all'epoca gioca per il Concordia di Basilea, naturalmente in attacco. Poi, intorno ai dodici anni, deve scegliere tra le due discipline, perché il doppio allenamento inizia a diventare ingestibile. Federer sceglie il tennis, anche perché già all'epoca è un atleta di livello nazionale. Paganini è convinto che sarebbe potuto diventare un campione anche nel calcio, talmente eccelle nella coordinazione. Anzi, assicura il preparatore atletico: è talmente versatile che avrebbe potuto imporsi anche nei cento metri, nella pallavolo, nello sci. Perfino nel lancio del giavellotto. Io non ho nulla contro il lancio del giavellotto, per carità, ma è una fortuna che Federer abbia scelto il tennis.

Mozart e i Metallica. Il miglior saggio su Federer*

La buona letteratura è un patrimonio senza tempo, e a quel patrimonio appartiene anche il breve saggio *Roger Federer as Religious Experience* (*Roger Federer come esperienza religiosa*) che David Foster Wallace pubblica nel 2006. Da allora è passata molta acqua sotto i ponti, anche nel tennis, ma quel testo, ancora oggi inarrivabile, non ha perso nulla della sua attualità. Il «New York Times» aveva ingaggiato lo scrittore, che da ragazzo era stato lui stesso un tennista di vaglia e aveva già pubblicato alcuni articoli eccellenti sul suo sport di predilezione, e lo aveva spedito a Wimbledon con l'incarico di scrivere un lungo reportage su Federer. Quel pezzo appare poi sul finire di agosto, a ridosso degli U.S. Open, sul supplemento sportivo del giornale, «Play».

David Foster Wallace ha attraversato la scena letteraria come una cometa. Il suo capolavoro apparso nel 1996, *Infinite Jest*, con le sue oltre mille pagine, è considerato una pietra miliare della letteratura americana contemporanea, e il motivo del tennis era già al centro di quel romanzo di impianto postmoderno, uno dei cui temi portanti è l'ossessione nelle sue varie forme: buona parte dell'azione è ambientata proprio nell'immaginaria Enfield Tennis Academy di Boston. Tra le altre cose il

* I passi qui citati del saggio di Wallace *Roger Federer as Religious Experience* sono tratti da D. Foster Wallace, *Roger Federer come esperienza religiosa*, traduzione di M. Campagnoli, Casagrande, Bellinzona 2010 (fuori catalogo).

romanziere mette in bocca a un allenatore queste parole: «Nel tennis il vero avversario, la frontiera che include, è il giocatore stesso. C'è sempre e solo l'io là fuori, sul campo, da incontrare, combattere, costringere a venire a patti. Il ragazzo dall'altro lato della rete: lui non è il nemico; è più il partner nella danza». E poco oltre: «Si cerca di sconfiggere e trascendere quell'io limitato i cui limiti stessi rendono il gioco possibile. È tragico e triste e caotico e delizioso. E tutta la vita è così, come cittadini dello Stato umano: i limiti che ci animano sono dentro di noi, devono essere uccisi e compianti, all'infinito». Il tennis come metafora della vita: un approccio niente male.

Insomma, era scontato che prendere Foster Wallace, incaricarlo di scrivere su Federer e per giunta spedirlo nel *sancta sanctorum* di quello sport avrebbe dato dei buoni risultati. E lo scrittore non delude. È stato lui a coniare il concetto dei «Momenti Federer»: «Gli attimi in cui, mentre guardi il giovane svizzero in azione, ti cade la mascella, strabuzzi gli occhi ed emetti suoni che fanno accorrere la tua consorte dalla stanza accanto per controllare che tutto sia a posto. Questi Momenti sono ancora più intensi se hai giocato a tennis quanto basta per renderti conto che ciò che gli hai appena visto fare è impossibile». Immediatamente Foster Wallace passa a descrivere una serie di scambi tra Federer e Andre Agassi alla finale degli U.S. Open del 2005, mostrando Federer che indietreggia a saltelli come una ballerina per sparare in dritto un passante lungolinea che va a segno. Uno scambio che dura più di undici secondi, e che a un profano potrebbe apparire come uno tra i molti: lo scrittore, invece, lo legge come una prova della capacità di controllo del corpo che lo affascina tanto nel suo eroe.

Quella partita contro Agassi l'aveva vista in televisione, come tanti altri match di Federer, ma quando finalmente riesce a vederlo giocare dal vivo, l'impressione è indimenticabile. Lui stesso scrive: «Se avete visto il tennis sempre e solo in televisione, semplicemente non avete idea di quanto forte questi giocatori picchino la palla, quanto la palla sia veloce, quanto poco tempo abbiano per raggiungerla e quanto rapidamente riescano a muoversi, voltarsi, colpire e rientrare. E nessuno è veloce, o vi fa sembrare tutto questo così ingannevolmente naturale, come Roger Federer». Quello che la televisione, invece, riesce a mostrare meglio che una partita vista da bordocampo è la sua intelligenza, che spesso si manifesta nella scelta delle angolazioni: «Federer sa vedere, o creare, spazi e angolazioni per un colpo vincente che nessun altro è capace di immaginare, la prospettiva offerta dalle riprese televisive è perfetta per vedere e rivedere questi Momenti Federer».

L'autista della navetta per la stampa che nel 2006 accompagna Foster Wallace all'«All England Club» gli assicura che vedere Federer dal vivo è «una maledetta esperienza quasi religiosa». Con quelle parole, senza volerlo, regala allo scrittore anche il titolo del suo pezzo, il più noto dei suoi scritti sul tennis. Foster Wallace scrive che per illustrare la superiorità di Federer si può adottare un punto di vista tecnico, alla maniera dei giornalisti sportivi, oppure scegliere la visuale del mistero e della metafisica. Da buono scrittore, preferisce il secondo approccio: «La spiegazione metafisica è che Roger Federer è uno di quei rari atleti preternaturali che sembrano dispensati, almeno in parte, da certe leggi della fisica. Di questa categoria fanno parte Michael Jordan, che non solo saltava ad altezze disumane ma riusciva anche a rimanervi sospeso per uno o due battute in più di quanto consenta la gravità, e Muhammad Ali, che letteralmente "fluttuava" sul ring e nel lasso di tempo necessario ad assestare un jab riusciva a piazzarne il triplo. Ci sono probabilmente una mezza dozzina di altri esempi che si potrebbero portare dal 1960 a oggi. E Federer è di questa specie – una specie che si potrebbe definire dei geni, o mutanti, o avatar. Non è mai in affanno o sbilanciato. La palla in avvicinamento resta sospesa in aria, per lui, una frazione di secondo in più di quanto dovrebbe. I suoi movimenti sono sciolti invece che possenti. Come Ali, Jordan, Maradona e Gretzky, Federer sembra al contempo meno e più solido dei suoi avversari. Soprattutto nella tenuta rigorosamente bianca che Wimbledon, non senza una certa compiaciuta soddisfazione, riesce ancora a imporre, Federer sembra ciò che in effetti potrebbe (a mio avviso) essere: una creatura dal corpo che è insieme di carne e, in qualche modo, di luce». Se state pensando a Gesù Cristo, credo che quella fosse l'intenzione. L'Epifania di Federer in campo come una sorta di visione mistica.

A Wimbledon, peraltro, Foster Wallace incontra lo svizzero anche di persona per un'intervista «one on one» di venti minuti. Gli interessano meno le sue risposte in quanto tali che non l'opportunità di farsi un'idea dell'uomo. Osserva che Federer farcisce le sue frasi di intercalari come «you know» e «maybe», il che gli ricorda quanto lo svizzero sia ancora incredibilmente giovane. E la sua mano, al momento della stretta, gli sembra ruvida come la raspa di un carpentiere. L'impressione complessiva, registrata in una delle note, è che «Federer sia o un gran bravo ragazzo o uno molto bravo a relazionarsi con i media – o (molto probabilmente) entrambe le cose». A incantare lo scrittore statunitense, però, non è l'uomo, ma la figura del tennista. Federer è la dimostrazione vivente della sua tesi secondo cui la bellezza, senza essere di per sé l'obiettivo dello sport ai massimi livelli, è spesso una sua caratteristica. E Foster Wallace gli è grato per aver riportato indietro le lancette all'era del tennis di potenza, riportando in auge un sentimento e una raffinatezza che non si erano più rivisti dall'epoca di John McEnroe.

L'estrema attenzione dello scrittore per i dettagli tecnici mostra quanto il suo interesse per il tennis sia profondo. Racconta come il gioco da fondocampo, valorizzato dalle moderne racchette in fibre composite, e l'estremismo nell'uso del topspin, uniti a una migliore preparazione atletica dei giocatori, abbiano reso il tennis moderno uno sport monotono, e indica come prototipo di quello stile Ivan Lendl, che nell'esecuzione poteva apparire poco aggraziato ma colpiva senza pietà ed era un atleta di notevole prestanza fisica. Un tipo di atleta riproducibile in serie, come le nuove racchette in grafite. Ora Federer dimostrava che lo sviluppo dello sport non era ancora giunto al capolinea: «Oggi Roger Federer domina il circuito maschile più ampio, potente, atletico, allenato e addestrato che sia mai esistito, dove ogni giocatore usa una racchetta nucleare che a detta di molti renderebbe irrilevanti le più sottili calibrazioni del senso cinestetico [la capacità di controllare in maniera inconscia i movimenti delle membra], un po' come cercare di fischiettare Mozart durante un concerto dei Metallica».

Più esattamente, lo svizzero è le due cose insieme, Mozart e i Metallica, una combinazione che in realtà non potrebbe esistere. O meglio, per citare di nuovo Foster Wallace: «Roger Federer è un picchiatore di prima categoria, uno che da fondocampo ti spacca. Il punto è che Federer non è solo questo. C'è anche l'intelligenza, la previsione occulta, il senso del campo, la capacità di leggere e manipolare gli avversari, di dosare le rotazioni e la velocità, di spiazzare e nascondere i colpi, di usare l'intuizione tattica, la visione periferica e la varietà cinestetica invece di uno stantuffo meccanico». E tutto questo con l'inesorabile spietatezza di un Ivan Lendl.

Agli amanti del tennis più fantasioso Nadal ha ben poco da dire. Lo scrittore, come tanti altri federeriani, lo vede soprattutto come una minaccia: «Per ragioni che non sono totalmente chiare, molti di noi trovano i codici della guerra più sicuri di quelli dell'amore. Se è così anche per voi, allora lo spagnolo mesomorfo e totalmente marziale Rafael Nadal – quello dai bicipiti scoperti e dagli autoincitamenti in stile kabuki – è il vostro uomo ideale». Foster Wallace gongola quando vede Federer prevalere su Nadal alla finale di Wimbledon 2006. Il suo articolo si chiude con queste parole: «Il genio non è riproducibile. L'ispirazione, però, è contagiosa e multiforme – e anche solo vedere da vicino come la potenza e l'aggressività possono essere rese vulnerabili alla bellezza ci fa sentire ispirati e (in modo fuggevole e immortale) riconciliati».

Eppure negli anni seguenti lo scrittore è testimone di un rovesciamento degli equilibri in favore di Nadal, finché nel 2008 il re di Wimbledon non viene spodestato nel suo feudo. All'epoca Foster Wallace combatteva da quasi trent'anni con la depressione, che per molto tempo era riuscito a tenere sotto controllo grazie ai farmaci. Il 12 settembre 2008, a quarantasei anni, si toglie la vita. Quattro giorni prima Federer aveva vinto gli U.S. Open per la quinta volta consecutiva.

Si è scritto molto su Federer, già solo i libri sono più di cinquanta. Esistono testi di ogni genere sull'artista della racchetta: biografici, poetici, filosofici, narcisistici, umoristici, ossessivi, grafici, tecnici e addirittura erotici. Ma allora che cosa rende così unico questo saggio di Foster Wallace, che a distanza di dodici anni sembra ancora insuperato, e per buoni motivi? Risposta: il fascino che questo sport e i suoi protagonisti esercitano sull'autore statunitense si può toccare con mano a ogni riga, perché Foster Wallace, giocatore promettente all'epoca delle competizioni under 18, è completamente posseduto dal tema, ma al tempo stesso ha un dono di scrittura e una capacità di immaginazione che gli consentono di estrapolare, procedendo dal tennis, considerazioni di portata ben più ampia. Foster Wallace è riuscito a dire in poche parole che cosa rende così affascinante il gioco di Federer, e quasi tutti i suoi giudizi conservano ancora oggi la loro attualità. Quando un autore digiuno di gioco si illude di omaggiare un virtuoso dello sport limitandosi ad applicare pensieri o concetti tratti di peso da autori come Shakespeare o filosofi come Kant, il risultato è spesso lezioso.

Foster Wallace si guarda bene dal fare una cosa del genere: prende sempre le mosse dal tennis, da osservazioni ed esperienze precise, e ne deduce delle conclusioni che fanno apparire Federer in una luce nuova e diversa. Da ragazzo anche Foster Wallace è stato un buon tennista, seppure non così buono da poter scommettere su una carriera nel professionismo. A quattordici anni era al numero 17 nella graduatoria del Midwest statunitense, mentre a diciotto il suo nome non figura già più al di fuori dei ranking regionali. La passione per lo sport, però, non lo ha mai abbandonato. Non solo il tennis è un tema di prima importanza nel suo romanzo *Infinite Jest*, ma i suoi scritti di argomento tennistico sono stati raccolti in un volume che merita di essere letto: *String Theory.*

Chi volesse scrivere un romanzo su un asso del tennis farebbe meglio a non attribuirgli una biografia come quella dello svizzero, priva di grandi fratture. Gli converrebbe immaginare piuttosto un personaggio come Boris Becker, con la sua strabiliante miscela di pregi e difetti. Il fascino di Federer, però, emana da altre fonti: dalla bellezza del suo gioco, dalla sua passione sconfinata e dalla sua sconvolgente sobrietà. Perfino lo scrittore sudafricano John Maxwell Coetzee si è pubblicamente descritto come un fan sfegatato di Federer nel suo carteggio con il collega statunitense Paul Auster (*Here and Now: Letters, 2008-2011,* trad. it. *Qui e ora: lettere 2008-2011*). Il Premio

Nobel per la letteratura non si stancava mai di rivedere le sue partite degli anni d'oro, godendosele a fondo. Subito dopo si chiedeva che cosa riuscisse a scatenare in lui dei sentimenti così intensi: «Ho appena visto qualcosa che è allo stesso tempo umano e sovrumano; ho appena visto qualcosa come l'ideale umano reso visibile». E di seguito: «Si comincia con l'invidiare Federer, poi si passa ad ammirarlo, e poi si finisce senza invidia né ammirazione ma esaltati alla rivelazione di quello che un essere umano – uno come noi – può fare». Coetzee diceva di provare le stesse sensazioni quando studiava nel dettaglio un capolavoro letterario.

Va precisato che il bel gioco, anche il più virtuosistico, non vale nulla se non si afferma nel quadro di una spietata lotta degli stili, dei caratteri e degli atleti. Per cui anche Paul Auster, nel dare ragione al collega, si riferisce in modo esplicito agli anni di maggiore successo di Federer: «Quanto all'esaltazione di cui parli quando vedi Federer nei suoi momenti dorati, sono pienamente d'accordo con te. Un senso di timore reverenziale davanti al fatto che un essere umano come me riesca a fare cose simili; che noi (in quanto specie) non siamo solo i vermi che sembriamo sovente, ma siamo anche capaci di fare meraviglie – nel tennis, nella musica, nella poesia, nella scienza –, e l'invidia e l'ammirazione si dissolvono in un senso di gioia travolgente».

Foster Wallace, con la sua bandana in testa, avrebbe annuito in silenzio.

That's amore

Ai primi di settembre del 2016, mentre la *crème* del tennis mondiale imperversa sui campi di Flushing Meadows, nel quartiere newyorkese di Queens, Roger Federer vaga per i monti dell'Appenzello. Condivide su Internet fotografie che lo ritraggono su sfondi pittoreschi. In posa di fronte al Seealpsee, sulla soglia di una grotta piena di stalattiti, mentre ascende al celebre rifugio Äscher, e si ferma a riposare di fronte a una baita in riva a un ruscello, con lo zaino ai suoi piedi. Sembrano scatti promozionali dell'agenzia nazionale per il turismo. In altre occasioni Federer, che dopo Wimbledon ha scelto di interrompere la stagione per via del suo disturbo al ginocchio sinistro, va a nuotare con i figli o gioca con loro a minigolf. A vederlo così, a zonzo per le montagne con il viso disteso e la barba di due giorni, viene da preoccuparsi sul serio: non se la starà godendo troppo? Tornerà mai a competere ai massimi livelli? Addio allo stress dei continui spostamenti, addio all'obbligo schiacciante di dover garantire prestazioni mondiali di fronte a milioni di telespettatori, addio allenamenti sfiancanti.

«La vita del tennista è una vita da cani» ha commentato una volta Boris Becker. Federer, con 1300 match all'attivo come professionista, ha già lavorato ben più sodo del tedesco, che nella sua carriera ne ha disputati solo 927. Sul piano finanziario Federer è ormai indipendente, e non da ieri; i suoi record non si contano più e non gli rimane più nulla da dimostrare; ha una moglie e quattro bambini che amano passare del tempo con lui e non rischia certo di annoiarsi, con una Fondazione da mandare avanti e la sua collaborazione con l'agenzia di management Team 8. E poi bisogna fare i conti con la realtà: l'ultimo Grande Slam, il titolo conquistato a Wimbledon nel 2012, ha già quattro anni, e il tempo passa per tutti. Il corpo gli sta mandando dei segnali chiari. Eppure, alla veneranda età di 35 anni, Federer non ha alcuna intenzione di smettere. La conclusione è una sola: *that's amore*. Federer è innamorato del tennis.

Non è difficile innamorarsi di un gioco nel quale si polverizza la concorrenza. Ma continuare ad amare un gioco nel quale si perde sempre più spesso? Quando si stanno raggiungendo i propri limiti, quando iniziano gli acciacchi e l'energia cala? Quando la gente inizia a mormorare che sarebbe meglio appendere la racchetta al chiodo? Agli U.S. Open del 2013, nel corso di quella che è stata la sua peggiore stagione sportiva da professionista, Federer ha riflettuto sul suo rapporto con il tennis. Quando gli domandano che cosa lo spinga ad andare avanti, lui risponde: «Vincere sempre tutto è bello, non dico di no. Ma questo non significa ancora che ami il gioco. Ti piace vincere, ti piace vedere la tua foto in prima pagina sui giornali, ti piace alzare le coppe verso il cielo, rispondere alle domande di giornalisti deferenti. È bello e non c'è niente di male. Ma questo non significa ancora amare davvero il tennis. L'amore per il gioco si vede nelle stagioni in cui giochi meno bene. Che io vinca o perda, in allenamento o nelle partite importanti, una cosa è sempre certa: io vado pazzo per questo sport». Il fatto che quell'amore sia rimasto immutato anche quando le vittorie hanno iniziato a diradarsi è un omaggio al tennis nella sua espressione più pura.

Che Federer sia rimasto un fanatico del tennis anche dopo tutti questi anni si vede da come si allena. In quei momenti, più ancora che in partita, emerge l'aspetto ludico, il piacere che prova nell'accarezzare la pallina con la racchetta, sfiorandola appena, ora da sopra, ora da sotto, prima con sentimento, poi con violenza; si vede quanto ami osservare la traiettoria dei colpi, sperimentarne di folli, ricercare angolazioni inedite. Finché non riesce addirittura a inventare un colpo nuovo in uno sport la cui storia risale al diciannovesimo secolo. Siamo intorno alla metà di agosto del 2015, al termine del suo primo allenamento a Cincinnati, nell'imminenza di uno dei tornei che predilige. Risente ancora del jet lag, e il suo compagno di allenamento Benoît Paire è malconcio per via di un'otite. I due sono impazienti di chiudere la giornata, ma giocano ancora un paio di punti per arrotondare.

Colto da un improvviso capriccio, Federer scatta in avanti per ricevere il servizio sulla T e colpisce la palla nel momento stesso in cui rimbalza. Praticamente un'impresa impossibile, perché il colpo si era abbattuto nella sua metà campo a una velocità smodata e occorreva una coordinazione mano-occhio sopra la media per controllare una pallina del genere. Eppure quel trucchetto gli regala alcuni punti. È nato un nuovo colpo, un colpo che prende il suo nome: «Sneak attack by Roger», abbreviato in SABR. «Sneak attack», cioè attacco furtivo o a tradimento, perché Federer, mentre l'avversario è impegnato nel servizio, avanza quatto quatto verso la metà campo per rispondere da sottorete. Un'invenzione che di certo non rivoluziona il tennis, e che ben presto lo svizzero si stanca di usare in modo sistematico in partita. Però il puro e semplice fatto che abbia inventato quel trucco e che abbia saputo incorporarlo al suo gioco come variante a sorpresa mostra quanto Federer sia rimasto curioso anche dopo tutti questi anni, quanto gli piaccia ancora giocare.

Che Federer sia rimasto un fanatico del tennis anche dopo tutti questi anni si vede da come si allena. In quei momenti, più ancora che in partita, emerge l'aspetto ludico, il piacere che prova nell'accarezzare la pallina con la racchetta.

Per Mats Wilander, vincitore di sette Slam, che a trentadue anni ha sentito di averne abbastanza, è questo l'aspetto più affascinante di Federer. In un pezzo uscito sul «New York Times» a ridosso degli U.S. Open del 2017, esterrefatto per la resurrezione miracolosa dello svizzero, confida al giornalista: «Io non mi stanco di ripeterlo in giro: "Quando guardate Federer non guardate soltanto come gioca i punti. Guardate quello che fa tra un punto e l'altro!". È sempre lì che giocherella con una pallina o con la racchetta, prova un drop shot fuori di testa quando ormai non serve più a niente, oppure fa volare la pallina fino al raccattapalle dopo un servizio mancato. Chi altri si comporta così in campo? Nessuno si è mai comportato così. E lui lo fa sempre. Anche alla finale di Wimbledon – poco importa l'occasione. Sembra che a interessargli sia la sensazione della pallina che colpisce le corde».

Anche Christophe Freyss, l'ex allenatore di Swiss Tennis, ha osservato qualcosa di molto simile. «Quando durante una partita Roger passa la pallina al raccattapalle», racconta il francese in un'intervista al quotidiano svizzero «Le Matin», «quella gli atterra sempre in mano, anche se magari si trova nel punto più lontano del campo». E prosegue: «È un piacere infantile che non lo abbandonerà mai. È questa la sua grande fortuna. Tanti altri hanno perso quella gioia con il passare degli anni. Lui no». Il suo coach Severin Lüthi confessa che in allenamento, sul campo, Federer gli dà l'impressione di un diciottenne, anche se ha il doppio degli anni. «Giocare a tennis gli piace da morire. In campo è come un ragazzino. Di tennisti atletici, talentuosi e determinati ne trovi quanti ne vuoi, ma quella passione assoluta ce l'ha soltanto lui. È una straordinaria fonte di energia».

I vecchi e nuovi colleghi ripetono sempre la stessa cosa: con tutte quelle vittorie all'attivo è strabiliante che non ne abbia ancora avuto abbastanza. «Tanti altri sarebbero già stati contenti di vincere un paio di Slam e di portare a casa un bel po' di soldi» ha detto Mark Philippoussis, avversario di Federer alla sua prima finale di Wimbledon. «Invece lui ha ancora voglia di vincere, di continuare a essere il numero uno, di rimanere ai piani alti della graduatoria, di infrangere altri record». John McEnroe è addirittura entusiasta: «Non ho mai visto nessun altro giocare a tennis con tanto piacere. Se c'è un pregio che gli invidio, è proprio questa voglia di vivere, rimasta pura. È un giocatore dalle ambizioni enormi, eppure quando perde se la cava con una scrollata di spalle». Nella sua seconda autobiografia, *100%*, che parla della sua vita dopo il professionismo, l'americano ammette di sentirsi commosso quando vede Federer in lacrime per via del tennis: «Roger è sicuramente il top player che ha pianto più spesso, ma le sue sono lacrime sincere. Non finge, è evidente. Io invece non ho mai pianto per una vittoria. Mi è capitato di piangere in campo – anche nascosto dietro un asciugamano, senza che nessuno mi vedesse – ma per altri motivi: quando il mio primo matrimonio si stava sgretolando, o quando lo stress e le tensioni della mia vita mi accompagnavano in campo e praticamente mi impedivano di giocare, ma mai per la gioia di aver vinto. Credo che questo sia uno dei motivi della grandezza di Roger: dopo tutti questi anni, e tutte queste vittorie, lui ha ancora fame di altri titoli».

Per Heinz Günthardt, che lo conosce da vent'anni, Federer ha trovato l'equilibrio perfetto: «La cosa che mi ha sempre impressionato è la sua ambizione, un'ambizione incredibile, della quale peraltro ha bisogno per conservare la disciplina necessaria. Al tempo stesso è tutto scioltezza. Il modo in cui vive le pressioni. Guardate Rafael Nadal: è sempre in guerra con se stesso. Idem per Novak Djokovic. Hanno bisogno di moltissime energie in più per fare quello che fanno. E non mi riferisco alle forze che spendono in campo: parlo del resto. Fanno molta più fatica di lui a staccare. Poi guardi Federer e hai l'impressione che stia facendo quello che gli va di fare. Nessuno lo sente brontolare, come se ne avesse avuto abbastanza». Chiedono a Günthardt se c'è modo di insegnare un atteggiamento del genere ai giocatori più giovani. Quello si stringe nelle spalle: «Non saprei neppure da che parte cominciare. Credo che per Federer sia una questione di carattere. Con l'allenamento si ottengono tante cose. Ma non tutti sono nati per giocare a tennis, lui invece sì».

Eppure i momenti di gloria sotto i riflettori sono soltanto la punta dell'iceberg. Per arrivare fin lì occorrono interminabili ore di preparativi e molti sacrifici. Dopo ogni partita occorre porsi delle domande importanti, che piaccia o meno. Quando si è sbagliato il dritto della vittoria, l'amarezza può durare settimane, addirittura mesi. E i grandi tennisti, più ancora di altri sportivi, sono quasi sempre in viaggio ai quattro angoli del mondo. È una vita che prosciuga il corpo e lo spirito. Pete Sampras, uno degli idoli del giovane Federer, ha smesso di giocare a trentun anni, completamente bruciato. Paul Annacone, che tra il 2010 e il 2013 avrebbe allenato anche Federer, è riuscito a fargli conquistare un ultimo trionfo agli U.S. Open del 2002. E a suo giudizio i due campioni erano diversi soprattutto in una cosa: nel modo in cui vivevano la carriera. Per un profano è quasi impossibile immaginare come sia fatta una giornata di Federer. Quando è in pubblico non ha un momento di pace: «Viaggiare in sua compagnia è come girare con un supereroe o con una rockstar in tournée. Eppure lui è sempre calmo, a suo agio con se stesso. È una vita folle. Ma a lui piace. È riuscito ad acclimatarsi a una vita del tutto assurda».

Il fatto che il suo cuore continui a battere per il tennis dipende anche da una pianificazione meticolosa. E quando non compete si rilassa del tutto. A quel punto può rimanere sdraiato in spiaggia per giornate intere senza toccare una racchetta. È sempre impaziente di vincere, eppure riesce a mantenere un equilibrio sano tra la vita e il lavoro. Prima della pausa di cinque mesi che lo svizzero decide di prendersi nel luglio del 2016, alcune avvisaglie inducevano a credere che stesse perdendo il piacere del gioco. Non tanto sul campo, ma negli aspetti di contorno della sua carriera. Alle conferenze stampa si vedeva che iniziava a stancarsi di rispondere sempre alle stesse domande. A volte dava segni di malumore, cosa del tutto insolita per lui. Anche per questi aspetti, cioè per ragioni psicologiche, e non solo per il bene del ginocchio malconcio, è stata una buona idea concedersi una pausa dopo tanti anni nel tritacarne del grande tennis mondiale: gli è servita per ritrovare l'energia e la motivazione.

Quando nel gennaio del 2017 Federer scende di nuovo in campo, dà l'impressione di essere rinato nel corpo e nello spirito, come dopo una lunga vacanza in una SPA. A Melbourne incassa il suo diciottesimo titolo in un torneo del Grande Slam, e a breve distanza vince il diciannovesimo e il ventesimo. I mesi di pausa sono stati come un elisir di giovinezza. Il suo viaggio per i campi centrali del mondo prosegue ancora nel 2019. Di tempo per vagare nei paesaggi fiabeschi della Svizzera ne troverà ancora.

869 ore al Club delle Tre Cifre

Tra i molti estimatori che ai primi di marzo del 2019 si sono congratulati con Roger per il suo centesimo titolo da professionista vinto a Dubai, c'era il suo ex avversario James Blake. Dando prova di senso dell'umorismo, Blake ha scritto su Twitter: «Appena visto @rogerfederer portare a casa il suo centesimo titolo. Mia figlia mi fa: "Tu invece quanti ne hai vinti?" Io, tutto fiero: "Dieci". E lei: "Come solo dieci? Ma dieci è tipo zero". Grazie per avermi fatto fare brutta figura con i miei bambini, Roger. E congratulazioni».

Come avrebbe reagito il giovane Federer se il 13 febbraio 2000, a Marsiglia, gli avessero fatto sapere che un domani avrebbe collezionato cento tornei; anzi, che sarebbe andato ancora oltre? Quel giorno lo svizzero ha pianto lacrime amare dopo avere perso la sua prima finale ATP contro Marc Rosset, suo compatriota e amico nonché rivale alla Playstation, impostosi al tie-break del terzo set. Rosset ha raccontato che in quell'occasione gli è dispiaciuto per Federer. Ha fatto il possibile per consolarlo. Alla cerimonia di premiazione gli ha detto: «Non te la prendere. Ne vincerai ancora di tornei!». Quelle parole, però, erano parse un incoraggiamento di circostanza. Facile per Rosset parlare così, aveva pensato l'adolescente di Basilea, oppresso da un oscuro presagio: forse un'opportunità di quel calibro non si sarebbe mai più ripresentata. Alla lunga riesce a trovare un sorriso per i fotografi, con un vecchio maglione grigio addosso e il mini-trofeo in pugno.

Gli è toccato aspettare un altro anno per vincere il suo primo torneo ATP. Federer trionfa il 4 febbraio 2001 a Milano, nella sua terza finale importante, imponendosi contro il francese Julien Boutter. Non è una partita memorabile: il capolavoro è stato piuttosto la semifinale, nella quale Federer ha battuto il campione olimpico Evgenij Kafel'nikov, all'epoca nella Top 10 mondiale, anche se un dente del giudizio non gli dava pace da giorni. Sulla finale contro Boutter, invece, plana l'ombra spiacevole di un errore dell'arbitro, Lars Graff, che dopo il tie-break del secondo set, sbagliando, fa servire il francese e non Federer. Boutter obbedisce, ma è talmente confuso per quell'equivoco da perdere subito il servizio: una sbavatura destinata a rivelarsi fatale. I genitori di Federer sono venuti da Basilea per non perdersi l'evento, percorrendo oltre trecento chilometri in auto. Suo padre Robert è così nervoso che chiude le chiavi nell'abitacolo; nel tentativo di recuperarle spacca il finestrino, regalando in questo modo alla famiglia un viaggio di ritorno gelido e ventoso. Eppure quella trasferta nel capoluogo lombardo non sarebbe stata vana: dagli spalti avrebbero visto loro figlio, diciannove anni e centottanta giorni, alzare al cielo il suo primo trofeo da professionista. La coppa, massiccia e pesante, era impreziosita da una corona di alloro: presagio di vittorie a venire che per l'adolescente erano appena all'inizio.

Circa diciotto anni o 6601 giorni più tardi, a Dubai, Federer avrebbe ripensato alla sua prima vittoria in un grande torneo: «Che sollievo non essere più l'eterna promessa che non vince mai. Oggi che di titoli ne ho collezionati cento, potete immaginare quanta incredulità riempia l'intervallo tra il primo e l'ultimo trofeo». I cento tornei vittoriosi lo hanno portato in oltre diciannove paesi e trenta città. 548 partite, di cui sei vinte per *walkover* e una persa: alla Masters Cup del 2007 a Shanghai, quando Federer viene sconfitto alle qualificazioni dal cileno

Fernando González, ma riesce comunque a proseguire fino al trionfo. In occasione del centesimo titolo i giornalisti della BBC hanno proposto altre statistiche certosine: quel traguardo ha richiesto 83.302 punti, 46.508 dei quali, pari al 55,83%, sono stati vittoriosi; 4378 erano ace. L'atleta ha trascorso in campo 52.152 minuti, poco più di 869 ore, cioè oltre 36 giorni. È il tempo che occorrerebbe per rivedere dieci volte di fila le sei stagioni dei *Soprano*, dal primo all'ottantaseiesimo episodio. Senza voler offendere il boss mafioso Tony Soprano, guardare Federer a caccia di titoli è stato più emozionante (e indubbiamente meno ripetitivo). In campo lo svizzero non ha mai mancato di stupire, neppure in circostanze consuete.

Oggi le vittorie nei tornei del Grande Slam sono assurte a primo banco di prova del tennis moderno. Eppure le tre cifre del numero 100 hanno un significato speciale per Federer, perché dimostrano quanto lo svizzero lavori sodo anche al di fuori dei quattro tornei principali dell'anno. Come prova la centesima vittoria strappata a Dubai, a ben guardare trascorre la maggior parte del tempo gareggiando nel circuito ATP. E qual è, a suo giudizio, il segreto di tante vittorie? La sua spiegazione è articolata: «Occorre essere in forma su vari fronti, mentalmente e fisicamente, e quella forma deve potersi tradurre in gioco. Occorre battere giocatori di tipo diverso, non solo gli schiacciasassi, non solo gli assi del servizio, non solo quelli che giocano in attacco. Occorre batterli tutti, giorno dopo giorno, senza concedersi pause. Credo che per molti giocatori sia quella una delle grandi difficoltà. Pochi tennisti riescono a farlo ogni anno per cinque, sei, sette volte e più. Occorre saper adattare il proprio gioco alle circostanze, scendere in campo anche quando ti fa male da qualche parte, perché di infortuni e malesseri ne ho avuti tanti, anche durante tornei che poi ho vinto. Alcuni dei quali, tra l'altro, erano Slam».

Per lunghi anni Federer ha giocato con la regolarità di un orologio svizzero. In materia di Grande Slam ha preso parte a ben 65 tornei consecutivi, dagli U.S. Open del 2001 agli Australian Open del 2016. Tra l'ottobre del 2003 (Vienna) e l'ottobre del 2005 (Bangkok) ha vinto 24 finali consecutive. Solo negli anni 2004, 2005 e 2006 ha collezionato 34 titoli. E le 23 semifinali consecutive nei tornei del Grande Slam, da Wimbledon 2004 agli Australian Open del 2010, sono un primato che forse nessuno batterà mai. Per fare un paragone il numero due, Novak Djokovic, è attestato su 14. Rafael Nadal è riuscito a vincerne solo 5 di seguito. «In termini di gioco, credo, ho dovuto trasformarmi in un animale da partita, imparare a dare il 100% ogni volta che scendo in campo» ha confidato Federer a Dubai, aggiungendo un altro ingrediente alla ricetta delle sue vittorie. «Non è stato facile per me. Tenere a freno le emozioni era una grande fatica. Finché un bel giorno non ho trovato il sistema. Poi si tratta di non sprecare troppa energia nelle successive fasi del torneo. Ricordo che all'inizio della mia carriera arrivavo stremato ai quarti di finale, perché ogni punto che vincevo mi riempiva di gioia, ogni punto perso mi faceva ribollire di rabbia. Arrivato ai quarti non avevo più energia».

Severin Lüthi, che ha accompagnato Federer come coach per una buona metà di quelle vittorie, dichiara: «Cento è un numero incredibile. Prefiggerselo come un obiettivo non avrebbe neppure senso. Vuol dire dieci titoli l'anno per dieci anni consecutivi, o cinque titoli l'anno per vent'anni. Una cosa assurda! Il punto è che Roger va pazzo per il tennis. È sempre stata la sua passione per il gioco a dargli forza». Per tutti questi anni, ha dichiarato Lüthi, Federer non ha mai saltato un allenamento solo perché non gli andava. «Poi ci sono sedute buone e sedute meno buone, è chiaro. A volte non si sente in forma e lo vedi in difficoltà. Però trova sempre un modo per divertirsi. È capace di giocare dal fondo per venti minuti e tirare fuori un'invenzione a ogni palla. Prima spinge sul topspin, poi te la gioca in slice, a volte perfino il grugnito che caccia al momento dell'impatto cambia a ogni colpo. Oppure imita altri giocatori. Quando ti alleni con lui non hai l'impressione di avere di fronte un veterano. Mi capita di vedere i tennisti più giovani ripetere sempre lo stesso colpo in allenamento, con monotonia. Per loro il tennis è lavoro: per Roger è un gioco. E aiuta anche il fatto che abbia sempre mantenuto i piedi per terra. Sa di vivere una vita di grande privilegio. Ha il mondo ai suoi piedi, eppure lui non dimentica mai che ricevere il dono del tennis è stata una grande fortuna. Altri hanno vinto molto meno e faticano a tenere la testa sulle spalle».

Eppure esiste un giocatore che nell'era degli Open ha sollevato più coppe di Federer: è Jimmy Connors, con le sue 109 vittorie in torneo. Quando anche Federer ha tagliato il traguardo delle cento vittorie, l'americano ha scritto su Twitter: «Benvenuto nel Club delle Tre Cifre, @rogerfederer – è bello avere compagnia, mi sentivo un po' solo!!!». Al tempo stesso Connors non ha mai fatto mistero di tenere al suo record. Sono due tennisti molto diversi, ma vivono della stessa passione per il loro sport. Connors ha disputato il suo ultimo match da professionista a quarantatré anni e nel 2001, a trentanove, ha disputato le semifinali degli U.S. Open. La sua vittoria ai quarti contro Aaron Krickstein, di quindici anni più giovane, sconfitto al quinto set dopo avere recuperato uno svantaggio di 2-5, simboleggia la sua determinazione, che l'età non ha saputo scalfire. Tanto è vero che quella partita è diventata un classico della CBS: veniva spesso rimandata in onda durante gli U.S. Open quando la pioggia costringeva a interrompere il torneo. Ora che i principali campi di Flushing Meadows sono stati dotati di tettoie retrattili, però, gli appassionati devono andarsi a rivedere quel ritorno mozzafiato su YouTube.

Connors ha collezionato i suoi titoli tra il 1972 e il 1989, nel corso di quindici diverse stagioni, mostrando una certa preferenza per il gioco indoor. Federer è arrivato a diciotto stagioni suggellate da almeno un titolo. È rimasto a bocca asciutta solo nel 2016, l'anno in cui si è fatto operare al ginocchio. Difficile resistere alla tentazione di confrontare i due palmarès, ma è impossibile fare paragoni seri, perché Connors ha disputato diversi tornei che non esistono più. Una cosa è certa: Federer può vantare più Slam di Connors (20 contro 8) e ha vinto più titoli ai massimi livelli. Quanto sia difficile fare confronti tra tennisti di generazioni diverse, però, si vede ancora dal fatto che Rod Laver ha portato a casa "solo" settantaquattro titoli nell'era del professionismo, ma questo dopo averne collezionati in precedenza altri 126 come tennista dilettante e non. Tenuto conto di quelle duecento vittorie in torneo, il primato assoluto spetta forse a Rod "il Razzo".

Comunque stiano le cose, Connors ha il fiato di Federer sulla nuca, tanto è vero che lo svizzero ha festeggiato il suo titolo numero 101 sul finire di marzo 2019 a Miami. Con grande soddisfazione di James Blake, che si è congratulato di nuovo. Questa volta non sui social media, ma direttamente sul campo – nella veste di direttore di torneo degli Open di Miami.

Il George Clooney dello sport: Federer icona pubblicitaria

Re Roger si dirige sul posto di lavoro, la borsa a penzoloni sulla spalla destra. Quasi non bada alla gente che incrocia, rivolge loro solo un cenno di sfuggita: è già concentrato sulla sfida che lo attende. Ancora qualche gradino e sbucherà sotto la luce accecante dei riflettori. Un gran respiro e si parte: «Ciao, Roger!», e un grembiule bianco da cuoco gli vola in mano. Oggi non si gioca a tennis, ma si prepara la pastasciutta con lo chef stellato Davide Oldani. Nella borsa Roger ha portato due confezioni di spaghetti n° 5. «La semplicità è tutto!» lo ammonisce Oldani, in inglese, ma con un forte accento italiano. Il prestigioso novizio annuisce docilmente e mostra di saper affettare con notevole scioltezza i pomodori, le carote e le altre verdure. (In quelle riprese, mentre volteggia il coltello, quelle che si vedono sono le mani di una controfigura: il fuoriclasse ha ancora bisogno di tutte e dieci le dita). Mentre i due cucinano felici si sente sullo sfondo il sirtaki di Mikis Theodorakis: pittoresco, ma piuttosto fuori luogo. A preparazione ultimata Roger suggella la torre di spaghetti con una fogliolina di menta, con un gesto preciso come un servizio di spareggio sulla linea.

Lo slogan della campagna, che costa alla Barilla un occhio della testa, è «Masters of Pasta». Nella primavera del 2017 la marca leader nel mondo ha fatto dello svizzero il suo ambasciatore. Nei primi anni Novanta una Steffi Graf in tubino nero si era allungata in pose seducenti per migliorare le vendite di pasta in Germania; ora tocca a Federer conferire quel certo non so che all'immagine della pasta Barilla. La rivista statunitense di economia «Forbes» ha ipotizzato che ingaggiare il tennista sia costato 40 milioni di dollari. Con un'esclusiva per cinque anni. La prontezza con la quale Federer ha accettato di vendere spaghetti mostra come il suo manager, Tony Godsick, si stia già dando da fare per regalargli un futuro nella pubblicità al termine della sua carriera. Nel luglio del 2018, appena prima di Wimbledon, arriva un altro contratto importante: Federer firma per dieci anni con il colosso giapponese dell'abbigliamento Uniqlo. Si parla di cifre che si aggirerebbero sui 300 milioni di dollari. Fosse pure "soltanto" la metà, come sospettano alcuni specialisti, si tratterebbe comunque di un compenso principesco per un tennista che non continuerà a giocare in eterno. Un dettaglio che per Uniqlo è del tutto secondario, a differenza di quanto si potrebbe dire per la Nike, ex sponsor dello svizzero. Perché adesso Federer non farà vendere soltanto abbigliamento sportivo, ma anche abiti per la vita di tutti i giorni, aprendo i mercati occidentali al gigante giapponese grazie alla sua notorietà.

La giornata tipo di Federer icona pubblicitaria potrebbe svolgersi grossomodo così: il campione si alza, si prepara un doppio espresso con una macchinetta automatica di marca Jura e accompagna il caffè con una pallina di cioccolato Lindt. Poi getta un'occhiata al suo Rolex e si accorge di essere in ritardo. Chiama l'allenatore con il suo abbonamento mobile Sunrise per prendere appuntamento all'aeroporto. Si affretta a riporre in valigia le sue racchette Wilson e il suo abbigliamento da tennis Uniqlo, paga al volo alcuni conti con Credit Suisse e poi sale con la famiglia al completo sulla sua station wagon Mercedes per raggiungere l'aeroporto, dove lo attende un velivolo NetJets, la società statunitense specializzata in charter privati. Mentre viaggia tra le nuvole, il campione si concede un bicchiere di Moët & Chandon e fa il pieno di carboidrati pranzando con pasta Barilla.

Stando ancora a «Forbes», quel variegato bouquet di sponsor gli avrebbe fruttato la bellezza di 65 milioni di dollari solo tra il giugno del 2016 e il giugno del 2017. Ormai Federer surclassava la concorrenza anche in questo campo, staccando altri sportivi ancora in carriera come il cestista LeBron James (52 milioni) e il calciatore Cristiano Ronaldo (46 milioni). In campo tennistico soltanto il giapponese Kei Nishikori (33 milioni), Rafael Nadal (27 milioni) e Novak Djokovic (22 milioni) possono competere con lui. Quelle di «Forbes» sono stime, non dati certi, ma il vantaggio di Federer è talmente grande che nessun tennista può contestargli il primato. Se si aggiungono i premi sportivi – 12,2 milioni di dollari – in quei dodici mesi lo svizzero ha incassato qualcosa come 77,2 milioni. Un altro record personale.

Nel ranking mondiale dei redditi eccellenti lo svizzero rimane solo settimo, perché in altri sport i premi, gli ingaggi o gli stipendi sono molto più danarosi. La classifica è guidata dal pugile Floyd Mayweather (285 milioni), seguito dal calciatore Lionel Messi (111 milioni) e da Ronaldo (108 milioni). Il fatto che sei colleghi guadagnino più soldi di lui, però, non lo tiene certo sveglio la notte. In termini di professionismo tennistico ha rivoluzionato il gioco. Nel corso della sua carriera, contando anche i contratti, avrebbe guadagnato qualcosa come 800 milioni di dollari lordi, e soltanto un sesto di quella cifra deriva dai premi sportivi (122 milioni di dollari al marzo 2019).

Che cosa lo rende così vendibile, a parte i suoi successi nello sport? «Per me Federer è un fenomeno anche in questo campo» ha commentato Torsten Tomczak, docente di marketing all'Università di San Gallo e specialista di branding. «La mia impressione, ma credo che la condividano un po' tutti su questo pianeta, è che il Federer che vedi sia quello vero. Spesso si abusa di questa parola, autenticità. Io non lo so se dal vivo, come uomo, sia proprio così. Ma quanto meno è stato capace di rendere il suo personaggio coerente nel tempo, per tutto il tempo. Ogni volta che lo si vede in pubblico. Mai una sbavatura. Riuscire a fare una cosa del genere è tutt'altro che comune». In termini di marketing un testimonial come Federer è "un'arma multiuso": «Il bello di Federer è che sta bene dappertutto, si addice a tutto, il suo personaggio è talmente spendibile che fa spavento. Simboleggia la qualità e l'affidabilità, ma comunica anche molte altre cose. Nel mondo dei grandi contratti è una figura allo stesso livello di George Clooney, l'icona della bella vita. Non alla maniera dei rapper che nuotano nelle banconote, ma con stile. Nel mercato degli articoli di lusso l'alternativa è stata per anni: si prende Clooney o Federer? A quel livello le opzioni non sono poi molte». Al tempo stesso lo svizzero incarna anche i valori tradizionali della famiglia: «È sposato, lavora sodo, eppure ha sempre tempo per i suoi quattro figli e va d'amore e d'accordo anche con i genitori». Non stupisce che possa attirare un marchio come Barilla, perché ogni famiglia ha almeno un pacco di pasta nella dispensa.

Il risultato è credibile perfino quando Federer fa pubblicità per l'azienda di telecomunicazioni svizzera Sunrise (slogan: «Io e Roger»), che punta tutto sul rapporto qualità-prezzo, mentre in parallelo è testimonial di marchi di lusso come Rolex o Moët & Chandon, leader nel mercato dello champagne. I fan gli hanno perdonato senza problemi anche il passaggio da Nike a Uniqlo, marchio specializzato in abbigliamento pratico ed economico per la vita di tutti i giorni. «Federer è il partner ideale per far attecchire in Occidente una realtà come Uniqlo» sostiene Tomczak. Sempre più spesso i grandi sportivi scalzano i divi del cinema nei panni del testimonial di prestigio: «Lo sport fa girare il mondo, e i grandi atleti incarnano per definizione il messaggio che si vuole far passare, il sogno che condividiamo tutti, cioè il successo. I marchi vogliono essere associati a figure di successo. Se Federer non avesse vinto tanto non saremmo qui a parlare di lui. Nel caso delle star di Hollywood la situazione è più complessa: loro incarnano la bellezza, il lifestyle».

Comprare l'immagine di un atleta perché conferisca un po' del suo prestigio ai prodotti di un marchio può essere a volte un'operazione rischiosa: lo mostrano i casi di Tiger Woods (scandali coniugali) o quello di Marija Šarapova (doping). Eppure nel caso di Federer, noto per non lasciare mai nulla al caso, il pericolo si riduce quasi a zero: è difficile immaginare che possa affossare un marchio con gesti o parole inconsulti. Tomczak lo ha studiato, e ne deduce che «Federer è un uomo estremamente intelligente e sa farsi consigliare bene. Forse a Wimbledon ha un po' esagerato con le tenute stravaganti, ma ha saputo imparare anche da quell'esperienza».

Perfino il fatto che sia un po' dilettantesco nell'uso dei canali social è coerente con il personaggio. Se i suoi tweet fossero studiati a tavolino dal suo manager, come quelli di Nadal, ci farebbe una strana impressione. E invece Federer, quando gli va di lanciare un tweet oppure mettere un'immagine su Instagram, lo fa e basta. Quando invece non gli va, può anche capitare che lasci perdere del tutto i social media per intere settimane. Ha iniziato a usare molto presto Facebook per condividere informazioni con i suoi fan, ma su Twitter e Instagram è approdato relativamente tardi. Tant'è vero che i suoi follower sono "soltanto" 12,5 milioni, decisamente meno dei 78,5 milioni di utenti che seguono Cristiano Ronaldo (lo stacco è ancora più grande su Instagram, dove lo svizzero è seguito da 6,2 milioni di fan contro i 172 del calciatore).

Il suo comportamento in rete è del tutto coerente con il personaggio, osserva Tomczak. «Se dovessi per forza citare un difetto, Federer non piace agli adolescenti. Chi segue Ronaldo su Instagram? I ragazzini sotto i vent'anni. In quella fascia il richiamo di Federer non è poi così grande. Ronaldo si rivolge a un target diverso. Federer è una figura di ben altra maturità, con lui puoi andare sul sicuro anche nell'Olimpo delle marche di lusso. A quel livello uno come Ronaldo perde credibilità. Recupera con un appeal di massa che a Federer manca». Tomczak è convinto che la figura di Ronaldo venga commercializzata in modo molto più deliberato, come quella di una popstar. «Federer, invece, è Federer e basta. È la sua fortuna. Non è costretto a recitare la parte di se stesso».

Anche il suo agente Tony Godsick la vede così. Nel 2013, in un'intervista al «New York Times», ha dichiarato: «Roger lo vendo bene. Ma il più bravo a vendere Roger è lui stesso». Godsick e Federer fanno coppia fissa dal 2005, quando lo svizzero, dopo due anni di management in proprio, torna nella scuderia del colosso statunitense IMG e viene assegnato all'ex manager di Tommy Haas, Lindsay Davenport e Anna Kurnikova. Sul finire del 2013 se ne vanno entrambi e fondano insieme la loro agenzia Team 8 con il sostegno finanziario di grossi investitori americani. Godsick conosce bene il suo mestiere, ed è sposato dal 2000 con l'ex tennista Mary Joe Fernández, venuta alla ribalta come bambina prodigio e ritiratasi dopo avere disputato tre finali in tornei del Grande Slam. Il manager di Federer è un signore affabile e loquace, ma sul lavoro è un businessman implacabile, tanto da avere provocato con le sue pretese un lungo dissidio con Roger Brennwald, il direttore del torneo Swiss Indoors di Basilea. Però il successo economico gli dà ragione: tra il 2005 e il 2010 gli introiti del suo cliente sono quadruplicati, passando da 11 a 43 milioni di dollari l'anno. Godsick è riuscito a imporre Federer come una stella di prima grandezza anche sul mercato statunitense. Quando nel 2006 il tennista di Basilea ha vinto per la terza volta consecutiva gli U.S. Open, a vederlo giocare nel suo box c'era perfino Tiger Woods, peraltro sponsorizzato come lui da Nike e Gillette; più tardi i due chiacchierano come vecchi amici negli spogliatoi. Il fatto che alla finale Woods tifasse per lo svizzero e non per il connazionale Andy Roddick gli è stato perdonato volentieri, a differenza della promiscuità in amore che ha distrutto la sua immagine.

Godsick è convinto che non avere alle spalle un grosso mercato nazionale come quello tedesco o statunitense non sia stato uno svantaggio per Federer, anzi: «Roger è un'icona globale, e anche i suoi contratti hanno un respiro planetario. Il fatto che sia svizzero costituisce una forte attrattiva per le grandi imprese. La Svizzera è un piccolo paese, ma si accompagna a connotazioni positive come la lealtà, il lusso, la precisione e la cura dei dettagli» ha dichiarato nel 2010 a un giornalista del quotidiano svizzero francese «Le Temps»: «In un certo senso è come se la neutralità della sua terra di origine ne facesse un cittadino del mondo».

Il docente di marketing Tomczak sembra pensarla per molti versi come il manager di Federer: «Credo che la nazionalità svizzera lo abbia avvantaggiato. Il carattere neutrale del paese lo rende più spendibile. Non ha controindicazioni, in nessun paese al mondo. Se fosse stato tedesco, poniamo, avrebbe guadagnato X volte di più in patria, ma sulla scena mondiale avrebbe fatto molta più fatica». Più ancora del passaporto svizzero, però, ad avvantaggiare Federer, secondo Tomczak, è il suo talento di poliglotta: «Nel campo delle lingue è un fenomeno. In gennaio sono stato spesso in Australia ed è incredibile come sia riuscito a farsi adottare dagli australiani. Non solo parla un inglese perfetto, ma è capace di fare battute e scherzare come in tedesco. È stato intervistato da Jim Courier, una cosa che in termini di televisione australiana equivale a una consacrazione». Se Federer fosse nato negli Stati Uniti il suo potenziale in termini di marketing sarebbe stato ancora più grande, ipotizza Tomczak, perché il mercato statunitense rimane il punto di riferimento planetario.

Godsick, si capisce, ha tratto anche qualche beneficio personale dall'enorme volume di contratti che ha procurato a Federer. Stando al più recente elenco «Forbes» degli utili realizzati dai grandi manager sportivi, risulta avere incamerato 12,24 milioni di dollari l'anno in commissioni, e anche questo si vede. L'americano è molto aggressivo nella commercializzazione dell'immagine di Federer, ma è anche un bravo stratega, e alle spalle del suo lavoro si intravede un concetto chiaro. Nel corso degli ultimi anni Cristiano Ronaldo ha collezionato sponsorship come se fossero figurine Panini: ventidue nuovi contratti soltanto nel 2013. Le partnership che riguardano Federer, invece, si strutturano sul medio-lungo termine. Una volta Godsick ha raccontato che a ridosso dell'edizione 2009 di Wimbledon una società gli aveva offerto una cifra stratosferica nell'eventualità in cui Federer avesse scavalcato Pete Sampras nel record degli Slam collezionati in carriera (14 per Sampras). Lui ha rifiutato per non fare ombra ai partner di lungo corso, dimostratisi leali.

Nel portfolio di Federer, accanto a marchi svizzeri dal respiro internazionale (Credit Suisse, Jura, Lindt, Rolex) o dall'appeal solo locale (Sunrise), figurano marchi globali come Barilla, Mercedes, Moët & Chandon, NetJets, Uniqlo e Wilson. Per molti anni la sponsorship più lucrativa è stata quella targata Nike: tra il 2008 e il 2018, secondo le stime, ha fruttato la bellezza di 130 milioni di dollari. Molti dei contratti in corso dureranno più a lungo della sua carriera: quello con Wilson, la casa produttrice di racchette da tennis, è addirittura un accordo a vita. In un futuro ormai prossimo il personaggio di Federer si renderà via via sempre più indipendente dalla figura dello sportivo. Brand Finance, una società londinese specializzata nella stima del valore di mercato dei marchi, ha calcolato che nell'estate del 2017, dopo l'ottava vittoria a Wimbledon, l'immagine dello svizzero si aggirava sui 380 milioni di dollari. È la cifra che potrebbe teoricamente guadagnare a colpi di contratti se la sua carriera attiva durasse ancora un paio di anni. Naturalmente si tratta di stime puramente ipotetiche, ricorda Tomczak, docente di marketing: «Ma l'ordine di grandezza mi sembra in tutto e per tutto realistico. Anzi, forse il calcolo andrà ritoccato al rialzo». Resta da capire con quanta determinazione Federer sceglierà di vivere la sua vita postuma di icona e marchio dopo avere chiuso con il tennis.

È probabile che nel dopo-carriera si dedicherà sempre di più alla sua agenzia di management, Team 8, di cui è socio. Per ora si aspetta a farla decollare, e Godsick non è stato molto chiaro sulle sue future attività. Tra gli atleti sotto contratto, insieme a Federer, ci sono il colosso argentino Juan Martin Del Potro, trionfatore agli U.S. Open del 2009, e il giovane americano Tommy Paul. Il bulgaro Grigor Dimitrov si è allontanato dall'agenzia sul finire del 2017. In compenso, di recente, la Team 8 si è accaparrata i diritti di mercato per la promettente tennista statunitense Cori Gauff, che a quattordici anni ha vinto l'edizione juniores degli Open di Francia 2018. Nel campo dell'hockey su ghiaccio uno dei clienti è Henrik Lundqvist, il portiere dei New York Rangers, che non a caso porta il titolo di «re», come Federer: «King Henrik». Oltre a Federer, però, il fiore all'occhiello della Team 8 è la Laver Cup, la cui prima edizione si è disputata a Praga nell'autunno del 2017. Il concetto alla base del torneo è mutuato da quello della

Ryder Cup, nella quale i migliori golfisti statunitensi se la vedono con il resto del mondo. Nel tennis sono gli europei, che al momento rappresentano il gruppo dominante, a gareggiare contro il resto del pianeta. Le prime due edizioni (Praga e Chicago) sono state un successo, ma resta da vedere se il progetto riuscirà ad affermarsi sul medio termine in un calendario già fin troppo carico di eventi, specialmente quando Federer smetterà di giocare.

Per il resto lo svizzero ha già fatto capire più di una volta che il mondo degli affari lo attira. Una volta Godsick gli ha detto: «Guarda, sul campo sei un vincente, ma il vero successo arriverà quando avrai smesso di giocare a tennis». L'asticella è piuttosto alta.

Aiutare un milione di bambini: la Fondazione Federer come missione

Che cos'hanno in comune Donald Trump e Roger Federer? Entrambi sono stati citati dalla rivista «Time» tra le cento personalità più influenti del 2018. Trump nella categoria «leader», Federer tra i «titani», accanto ad altre celebrità come Jeff Bezos, il fondatore di Amazon, ed Elon Musk di Tesla. Naturalmente quell'elenco non va preso troppo sul serio: è poco più di un gioco. Però il fatto che il nome di Federer figuri in quella compagnia significa che non viene più percepito soltanto come un asso del tennis. Ormai il suo inesorabile rovescio al volo, le sue possenti battute e la sua impressionante collezione di trofei non sono più il suo unico titolo di merito: Federer è noto anche per le iniziative di beneficenza della Fondazione che porta il suo nome. A cantarne le lodi è stato nientemeno che Bill Gates. Il fondatore di Microsoft chiude il suo panegirico con le parole: «Roger sa che anche la filantropia, come il tennis, esige molto tempo e molta disciplina, altrimenti si rimane inefficaci. Il giorno in cui appenderà la racchetta al chiodo sarà un giorno triste, ma potremo consolarci al pensiero che ha deciso di mettersi al lavoro per contribuire a fare del mondo un posto migliore».

E Bill Gates sa quello che dice, visto che insieme a sua moglie Melinda dirige la più grande Fondazione privata esistente, che spende ogni anno oltre 4 miliardi di dollari. Gates e Federer si sono conosciuti nel 2017 in occasione del torneo di Indian Wells: il miliardario statunitense, patito di tennis, possiede una villa per le vacanze in quella zona. A un certo punto la conversazione è caduta sulle rispettive fondazioni, e così è nata l'iniziativa del Match for Africa 4 a Seattle (2017), seguita da una quinta edizione a San José (2018). In occasione delle due amichevoli Federer si è misurato con i professionisti americani John Isner e Jack Sock. Gates ha fatto da co-organizzatore e ha perfino disputato un doppio tra vip al fianco del suo idolo tennistico. I due eventi hanno portato nelle casse della Roger Federer Foundation poco meno di 5 milioni di franchi svizzeri.

L'approccio visionario del carismatico genio dell'informatica sembra aver influenzato lo svizzero più di quanto l'arte tennistica di Federer abbia insegnato a Gates (il quale, volendo essere indulgenti, si può considerare al massimo come un hobbista di medio talento). Il motto di Gates è «Think Big», «Pensa in grande»: il minimo di cui si accontenta è cambiare il mondo. La sua Fondazione, attiva in oltre cento paesi, si occupa di grandi temi come la salute e lo sviluppo agricolo su scala planetaria. Sembra che Federer si sia accorto solo negli ultimi anni dell'influenza che può esercitare anche al di fuori del campo da tennis. E a quanto pare il suo incontro con Gates è stato una fonte di ispirazione, perché da allora le sue iniziative a sfondo filantropico sono cresciute.

Quando nel 2003, alla vigilia di Natale, il giovane tennista di Basilea avvia una Fondazione eponima, in quel progetto c'è molto idealismo, oltre che una buona dose di ingenuità. Federer ha appena compiuto ventidue anni e solo pochi mesi prima ha celebrato a Wimbledon la sua prima grande vittoria di atleta. La prima stagione nella quale si impone ai massimi livelli mondiali gli ha già fruttato 3,8 milioni di dollari in premi. Il giovane Federer si domanda come investire tutti quei soldi. «Mi sono chiesto che cosa fare per crescere non solo come tennista, ma anche come essere umano» ha ricordato nel 2016. «Sentivo di essere stato molto fortunato nella vita, e sentivo che era giunto il momento di fare qualcosa per tutte le persone che hanno avuto meno privilegi di me. Il desiderio di restituire qualcosa di tutto il bene che la vita mi ha regalato nasce dai valori che mi hanno inculcato mio padre e mia madre».

A quell'età, di solito, si pensa soprattutto a se stessi. Eppure, grazie alle origini sudafricane di sua madre Lynette, Federer capisce molto presto che non dappertutto nel mondo si vive come in Svizzera. Fin da bambino, viaggiando per il Sudafrica a bordo del camper di famiglia, è testimone della miseria in cui vive il continente africano. (Oltre al passaporto rosso della Svizzera possiede anche quello verde del Sudafrica). Prima di avviare il progetto discute lungamente con i genitori. L'impulso che lo spinge a concretizzare è il riconoscimento di sportivo dell'anno 2003 del Cantone di Basilea Campagna. Gli oltre 10.000 franchi dell'assegno, maggiorati con altri 50.000 dal suo patrimonio privato, vengono investiti come capitale di base della Fondazione.

Federer avrebbe potuto limitarsi a finanziare altre organizzazioni filantropiche, come tanti altri, invece, avviando da zero una nuova iniziativa, e per giunta battezzandola con il proprio nome, prende un impegno a lungo termine. «Non mi bastava dare soldi a questo o a quel progetto» ha spiegato. «Sarebbe stato troppo generico. Io volevo intervenire in modo più mirato, assumermi una responsabilità e mantenere il controllo. Volevo mandare un messaggio chiaro ai donatori e a chi avesse scelto di credere nella mia Fondazione. Volevo che la gente sapesse a che cosa sarebbe servito il denaro che offriva».

Il primo dei progetti è una scuola a Port Elizabeth, una metropoli sudafricana. La direzione è già chiara:

promuovere lo studio come risorsa chiave in vista di una vita autonoma. Oggi la strategia si è leggermente precisata: migliorare la qualità dell'istruzione impartita ai bambini tra i tre e i dodici anni di età. Al 2018 la Fondazione è attiva in sei paesi dell'Africa meridionale: Botswana, Malawi, Namibia, Zambia, Sudafrica e Zimbabwe – oltre che in Svizzera (dove sostiene il Soccorso svizzero d'inverno, Sporthilfe a sostegno dei giovani talenti sportivi e il progetto Primokiz a favore della prima infanzia). Ad oggi i programmi che la Fondazione porta avanti hanno contribuito a fare la differenza nella vita di circa 300.000 bambini.

Janine Händel, amministratrice dal 2010, spiega che nella sua forma attuale la Roger Federer Foundation è un ritratto del suo fondatore: «Quando lui decide di fare qualcosa, va fino in fondo. Senza compromessi. La Fondazione si occupa di tradurre in pratica i valori e le convinzioni di Roger Federer, che viene coinvolto in tutte le scelte di indirizzo. Se lui non è disponibile, il consiglio di amministrazione rinvia la seduta. Lo scambio e la cooperazione sono sempre molto intensi».

Coerenza e controllo: due delle parole chiave nella carriera tennistica di Federer, che non ha mai avuto paura di assumere posizioni nette e ha sempre tenuto a decidere in prima persona della squadra che lo affiancava. Nei panni del benefattore, tuttavia, aveva ancora molto da imparare, come osserva nel marzo del 2018 in un contributo al blog di Bill Gates, «Gatesnotes», mostrando spirito di autocritica: «Ben presto ho capito che non è facile diventare un buon filantropo. Il desiderio di fare del bene non basta. Nel primo anno di lavoro della mia Fondazione non abbiamo selezionato con sufficiente rigore i progetti da sostenere, finché ci siamo resi conto che non eravamo in grado di quantificare il nostro impatto concreto. Se volevamo davvero cambiare in meglio la vita di quei bambini, e farlo in modo tangibile e duraturo, occorreva agire in modo più professionale e strategico». Conclusione: «La beneficienza, come il tennis, esige tempo e disciplina».

La Fondazione ha coinvolto fin dall'inizio anche i suoi genitori e sua moglie Mirka, che si sono spesi senza risparmio. Sul finire del 2009, però, Federer capisce che occorre professionalizzare le operazioni. Coinvolge la giurista Janine Händel, reduce da otto anni di servizio diplomatico per conto della Svizzera, e le affida la direzione di un ufficio nel quartiere zurighese di Seefeld. Oggi la Fondazione dà lavoro a sei collaboratori fissi, di cui tre nella sede di Johannesburg che coordina tutti i progetti sudafricani. Se ristrutturando le iniziative nel senso di una maggiore professionalità Federer sperava di poter dedicare meno tempo alla Fondazione, deve però ricredersi ben presto. A partire dal 2010, infatti, la Fondazione Federer è cresciuta a ritmo sostenuto, e via via sono aumentati anche gli impegni del suo presidente. I fondi che il progetto raccoglie ogni anno sono più che decuplicati, passando da 0,72 milioni a 7,5 milioni di franchi svizzeri. Dal 2010 la Fondazione ha aiutato i meno fortunati erogando circa 40 milioni di franchi l'anno. In Sudafrica si è affermata come un soggetto di riferimento, dotato di una voce riconoscibile.

Nell'aprile del 2018, nel corso di una trasferta di quattro giorni in Zambia, Federer incontra il presidente Edgar Lungu per cercare di conquistarlo alla sua causa. Ormai è talmente a suo agio nella sua nuova veste che nel corso del viaggio si intrattiene a braccio per oltre mezz'ora sui suoi progetti, illustrandoli e difendendoli in diretta radiofonica. È un momento di svolta. La maggior parte dei bambini delle scuole che visita in Africa non sanno neppure di avere davanti una stella dello sport mondiale; i protagonisti della politica, invece, sono ben consapevoli della sua visibilità. L'influenza di Federer può addirittura contribuire a riplasmare le politiche di un paese africano nel campo della formazione per l'infanzia. In altri settori della vita politica Federer non si esprime mai in pubblico. Nessuno gli ha mai strappato un pronunciamento su Donald Trump o ha mai carpito le sue intenzioni di voto in Svizzera. Eppure nel campo specifico in cui è attiva la sua Fondazione non esita a fare leva sulla sua popolarità per smuovere le acque.

Il concetto chiave della Fondazione, che coopera con diciotto organizzazioni locali presenti sul territorio, è *empowerment*, una parola molto difficile da tradurre. Forse in italiano, più che con «responsabilizzazione» o «emancipazione», si potrebbe rendere con «aiutare le persone ad aiutarsi da sé». L'obiettivo è avviare o accelerare alcuni processi, spiega la responsabile. Le partnership con soggetti locali sono collaborazioni a lungo termine e l'effetto è massimo quando la popolazione locale e i suoi leader vengono coinvolti in prima persona nelle attività. Händel chiarisce che cosa intende: «Quando ci occorre una scuola materna non usciamo a cercare i materiali con il furgone per costruirne una, ma parliamo con gli abitanti del posto e li persuadiamo a edificare una scuola. Mostriamo loro come si fa, procuriamo loro un sacco di cemento o una latta di pittura. Ma l'iniziativa e la responsabilità riguardano il villaggio».

L'obiettivo, spiega l'amministratrice, è creare ambienti capaci di funzionare a lungo termine anche senza il concorso della Fondazione. Per esempio si coopera all'edificazione di scuole e alla formazione di insegnanti, oppure si mostra loro come una comunità può rendersi autonoma impiantando degli orti per rifornire la mensa scolastica. Al tempo stesso Händel constata che non sempre le buone intenzioni portano buoni risultati. I programmi possono fallire, per esempio quando le circostanze non sono state valutate in modo corretto, quando i notabili del posto si oppongono o quando c'è di mezzo la magia nera. Anche per questo occorre seguire molto da vicino le attività e scegliere con il massimo scrupolo le organizzazioni locali con cui cooperare.

La Fondazione Federer ha scoperto la propria vocazione e in futuro potrebbe precisare ancora i termini del proprio mandato, in modo da operare con maggiore coerenza e rendere ancora più misurabili i risultati che produce. Nella primavera del 2013 Federer si è lasciato coinvolgere in un progetto a dir poco ambizioso: l'obiettivo era raggiungere un milione di bambini sudafricani entro il 2018 con i programmi di formazione. L'obiettivo è stato addirittura superato: «Non avrei mai creduto di poter fare la differenza nella vita di tanti bambini» ha dichiarato lo svizzero. «All'inizio non sapevo neppure quale ruolo attivo ritagliarmi». L'infortunio al ginocchio, che lo ha costretto a restare fermo nel secondo semestre del 2016, ha rappresentato una cocente delusione sul piano sportivo, ma per la Fondazione è stato un toccasana, perché nel corso di quella pausa forzosa il presidente ha potuto lavorare a più stretto contatto con i suoi. E anche ora che si prende più che mai cura del proprio corpo Federer è rimasto eccezionalmente attivo nella Fondazione.

Eppure, come precisa Händel, nulla è più lontano dalla mentalità di Federer della «progressiva metamorfosi in filantropo di professione». Le molteplici attività promosse dalla Fondazione sono anche un'utile occasione di apprendimento in vista della sua vita professionale a venire. E i viaggi in Africa, nel corso dei quali non si comporta mai da rockstar, sono esperienze indubbiamente formative. Quando avrà smesso di girare il mondo con la racchetta in pugno, inoltre, potrà dedicare ancora più tempo a quella presenza sul territorio.

Già, ma a quel punto che cosa ne sarà dei contributi esterni? Forse dopo il ritiro dalla competizione il marchio Federer risulterà meno attraente per i finanziatori? Händel non è preoccupata: «La reputazione di Roger non è più legata solo allo sport, e non da ieri. La sua personalità intesa come un tutto è un elemento chiave, e quando smetterà di giocare a tennis non la perderà». Si potrebbero citare dei precedenti, come Andre Agassi, con la sua Fondazione: «L'ex stravagante di Las Vegas opera in un ambito simile a quello dello svizzero, e ci riesce benissimo. La Fondazione si adopera per far studiare i figli delle famiglie statunitensi in difficoltà, e a questo scopo ha già raccolto circa 185 milioni di dollari».

Quando Federer smetterà di procurare fondi sul campo organizzando il suo Match for Africa, forse potrà continuare a farlo nella veste di conferenziere oppure organizzando eventi di altro genere. E i rapporti di collaborazione con i grandi sponsor continuano. Senza contare che negli ultimi anni la Roger Federer Foundation ha guadagnato in credibilità, tanto da ricevere sostegno perfino da parte di altre fondazioni. «La Fondazione è diventata un aspetto importante della mia vita» dichiara Federer: «Ne parlo spesso anche con i bambini. Sono impaziente di vederli assumere un ruolo più attivo, magari tra venti o trent'anni». In altre parole, non sono certo i progetti a scarseggiare.

Cose che Roger Federer può insegnarci

1. *Less is more*

Nel mondo i tornei di tennis si susseguono a cadenza quasi settimanale, e la pausa invernale è breve. La tentazione di giocare troppo è grande. Eppure Roger Federer si è distinto fin da giovane per il rigore con il quale pianifica il suo tempo. Divide l'anno in fasi di competizione, cicli di allenamento e vacanze – e nel tempo libero, quando ne ha, è capace di rilassarsi al cento per cento. Nei giorni che ha destinato al riposo non accetta impegni neppure con gli sponsor e i media. La determinazione con la quale ha quasi sempre rispettato il suo calendario, concedendosi il tempo necessario per la preparazione atletica e il riposo, è uno dei segreti della sua longevità sportiva. Così facendo ha evitato di logorare il suo corpo e ha conservato la passione del tennis. E quando nel 2016, dopo l'operazione al ginocchio, il suo corpo si è ribellato e giocare ha smesso di divertirlo, Federer ha saputo tirare il freno di emergenza di fronte al rischio di cadere in un circolo vizioso e si è preso cinque mesi di pausa. Al suo ritorno in campo all'inizio del 2017, fresco e riposato, ha subito vinto gli Australian Open.

2. Non smettere mai di imparare

Il tennis è fatto di cicli. Ciascun grande domina il gioco con il suo stile per una certa fase più o meno lunga, per poi venire scalzato da un atleta più giovane che ha trovato la giusta risposta a quello stile. Björn Borg è stato scalzato da John McEnroe, McEnroe da Ivan Lendl, e così via. Secondo questa logica anche Roger Federer avrebbe dovuto soccombere a Rafael Nadal, di quattro anni più giovane, e invece Federer non glielo ha permesso, perché non ha mai smesso di evolvere. Non si è limitato ad affrontare Nadal in campo: ha lavorato sul proprio gioco per renderlo sempre più veloce e fisico. Ci vuole una bella forza di carattere per rimettersi sempre in discussione e rimanere sensibili alle novità, specialmente per uno sportivo di successo. Federer ci è riuscito: per questo rimane un punto di riferimento, anche se ormai è di una generazione più anziano della concorrenza.

3. Guarda sempre avanti, non indietro

Le sconfitte fanno male, ma sono indispensabili. Perfino un maestro impareggiabile come Roger Federer ha perso più tornei di quelli che ha vinto. Il punto davvero cruciale, insomma, è come uno prende le sconfitte. E praticamente nessuno è più veloce di Roger Federer nel rialzarsi dopo una caduta. Si domanda se c'è una lezione da imparare e poi torna a guardare avanti. Altri ruminano per intere giornate sulle occasioni perdute. Federer, invece, non si sofferma più del dovuto sulle cose che ormai non può più cambiare. Se c'è una sconfitta che lo ha davvero pugnalato al cuore, è la finale di Wimbledon del 2008, vinta da Rafael Nadal. Anche a distanza di giorni, mentre il campione era in vacanza in Corsica, il ricordo non gli dava pace. Eppure, quando nel 2018 ha rilasciato un'intervista per il decennale di quel match leggendario, ha mostrato di non ricordare granché bene i dettagli, lasciando a bocca aperta i giornalisti. Le vittorie le ha memorizzate, le sconfitte no.

4. Ama il tuo lavoro

È indubbiamente un grande privilegio poter girare il mondo nei panni di una star del tennis acclamata da tutti.

Però anche la vita del tennista di professione può essere monotona. Si torna sempre negli stessi posti, si gioca contro gli stessi avversari, si portano a termine dei cicli di allenamento che si assomigliano tutti. Federer, però, è riuscito a conservare il piacere del gioco e quindi anche il gusto del suo mestiere per tutti questi anni. Dopo oltre 1400 match ai massimi livelli. Ci è riuscito perché si rifiuta di lasciarsi inghiottire dalla routine. È rimasto curioso, continua a sperimentare cose nuove sul campo e nel 2015, con il cosiddetto SABR, la risposta in demi-volée al servizio avversario che porta il suo nome, ha addirittura inventato un colpo inedito.

5. Niente scorciatoie

Come ha dichiarato Thomas Alva Edison, l'inventore della lampadina a incandescenza, «il genio è all'1% ispirazione e al 99% traspirazione». Nel caso di Federer l'apporto dell'ispirazione sale magari di qualche punto percentuale, ma una cosa è chiara: è arrivato a giocare a quei livelli perché ha accettato di lavorare duro, molto duro, e di non farlo soltanto da giovane, ma sempre. Lo confermano tutti i giocatori che hanno preso parte alle sue sedute di allenamento: il suo virtuosismo tennistico poggia su una base di eccellente atletismo. Neppure Federer può segnare un punto se non riesce a raggiungere una pallina. La strada che porta al successo non ammette scorciatoie.

6. Impara a incanalare le emozioni

La passione è una bella cosa, anzi, senza passione non si può sperare di giocare a tennis a certi livelli. Eppure le emozioni possono anche giocare brutti scherzi, come sapeva bene Roger Federer da giovane, molto vulnerabile alla frustrazione quando le cose non andavano per il verso giusto. I suoi accessi di malumore, che spesso sfogava sulle racchette, sono ben documentati. E un tennista furente gioca peggio, non meglio. Approdato al circuito professionistico, però, lo svizzero ha imparato quasi subito a incanalare le sue emozioni. Da allora lascia loro libero corso soltanto dopo il punto della vittoria o al termine di un torneo dal quale è uscito vincitore, spesso sotto forma di lacrime.

7. Credi in te stesso

In fatto di talento innato pochi hanno avuto la fortuna di Roger Federer. Eppure anche lui ha conosciuto momenti difficili. Quando a partire dal 2008 le sue vittorie nei tornei del Grande Slam hanno iniziato a diradarsi e le sconfitte contro Rafael Nadal a moltiplicarsi, i commenti negativi non sono mancati. Praticamente tutti gli esperti di tennis hanno dichiarato o scritto almeno una volta che Federer non avrebbe mai più vinto un torneo ai massimi livelli. Eppure lui non ha mai perso la fiducia nelle proprie capacità, anche se gli è toccato portare pazienza prima di vincere di nuovo uno Slam: per la precisione 1666 giorni, da Wimbledon 2012 agli Australian Open del 2017. Morale: anche quando nessun altro ci crede più, la partita è finita solo quando è l'atleta a gettare la spugna.

8. Vivi l'attimo presente

Lo sport è un'opportunità meravigliosa per praticare quella *mindfulness* della quale oggi parlano tutti. Quando ci si dedica senza riserve al momento presente non resta più spazio per pensare ad altro. Federer è un autentico maestro in questo campo. Durante una partita è capace di tagliare fuori tutto il resto. Nei momenti decisivi non si perde in infinite congetture sulle possibili conseguenze di un punto sprecato, anzi, si mette a giocare anche meglio, perché è capace di vivere al cento per cento nel presente. Una volta ha dichiarato che quando la pressione si fa più forte inizia a vedere le cose con maggiore chiarezza. Dev'essere una sensazione meravigliosa.

9. Circondati di persone positive

Roger Federer ama la stabilità. Però quando sente che intorno a lui qualcosa non funziona più, interviene senza esitare. Com'è successo nel maggio del 2007, quando alla vigilia degli Open di Francia si è separato dall'allenatore che lo aveva portato al successo, Tony Roche, perché aveva la sensazione che l'australiano non si stesse più impegnando al massimo. Federer si è sempre circondato di persone positive, capaci di pensare per soluzioni, non per problemi. Come lui stesso, incorreggibile ottimista. E ha saputo trovare le persone giuste per accompagnarlo in trasferta. Non aveva neppure vent'anni quando ha ingaggiato il preparatore atletico Pierre Paganini, e il suo coach Severin Lüthi lo segue dal 2007. Il suo sostegno più grande, però, è sua moglie Mirka, senza il cui appoggio, probabilmente, avrebbe già smesso da un pezzo. La sua fiducia nelle capacità del marito non conosce cedimenti.

10. L'età è soltanto un numero

A ridosso degli Australian Open del 2018 Federer ha ammesso con il sorriso sulle labbra di non essere più il grande favorito, per via della sua età ormai avanzata. Poi è sceso in campo e ha dominato il torneo, alla veneranda età di 36 anni e 173 giorni: il più attempato vincitore di un torneo del Grande Slam dal 1972. Il problema dell'età era emerso già all'epoca del suo trentesimo compleanno, ma lui ha dimostrato più e più volte di non curarsi degli aspetti anagrafici. «L'età non è un problema, è soltanto un numero» ha sentenziato dopo la sua vittoria a Melbourne. La sua forma inossidabile dimostra che a contare non è l'età, ma come uno si sente, e soprattutto in che modo uno si prende cura di se stesso. A trentasei anni Federer gioca meglio che a ventisei.

Biografia
(al luglio 2019)

8 agosto 1981
Nasce all'Ospedale cantonale di Basilea.

5 luglio 1998
Titolo giovanile a Wimbledon.

7 luglio 1998
Debutto nel professionismo a Gstaad.

4 febbraio 2001
Primo titolo ATP a Milano.

2 luglio 2001
Sconfigge Pete Sampras a Wimbledon (il loro primo e unico duello).

1 agosto 2002
L'allenatore Peter Carter perde la vita in un incidente.

6 luglio 2003
Trionfo a Wimbledon, il suo primo titolo Slam.

16 novembre 2003
Vince il primo di sei titoli alla finale ATP.

13 dicembre 2003
Viene nominato sportivo svizzero dell'anno (la prima di sette volte).

24 dicembre 2003
Nasce la Roger Federer Foundation.

2 febbraio 2004
Raggiunge per la prima volta il primo posto nel ranking mondiale dopo la vittoria agli Australian Open.

12 settembre 2004
La prima di cinque vittorie consecutive agli U.S. Open.

16 maggio 2005
Viene nominato sportivo dell'anno (la prima di cinque volte).

6 luglio 2008
Viene spodestato da Rafael Nadal a Wimbledon dopo cinque titoli.

16 agosto 2008
Oro olimpico a Pechino nel doppio con Stan Wawrinka.

18 agosto 2008
Nadal lo scalza dal primo posto in classifica
dopo 237 settimane di predominio.

11 aprile 2009
Sposa Mirka Vavrinec a Basilea.

7 giugno 2009
Realizza il poker a Parigi vincendo il Roland Garros.

5 luglio 2009
Sesta vittoria a Wimbledon e quindicesimo
Slam all'attivo: record del mondo.

23 luglio 2009
Nascono le gemelle Myla e Charlene.

31 gennaio 2010
Primo Slam da padre e sedicesimo in tutto.

6 maggio 2014
Nascono i gemelli Leo e Lennart.

23 novembre 2014
Vittoria alla Coppa Davis a Lille.

29 gennaio 2017
Diciottesima vittoria in un torneo major a Melbourne,
la prima da 1666 giorni.

16 luglio 2017
Ottava vittoria Wimbledon: è record.

28 gennaio 2018
Conquista il ventesimo Slam a Melbourne.

18 giugno 2018
A 36 anni e 314 giorni scala di nuovo il ranking mondiale:
è il più anziano numero uno della storia (in totale 310 settimane
alla testa della graduatoria).

2 marzo 2019
Festeggia il suo centesimo titolo da professionista a Dubai.

9 maggio 2019
Con la vittoria su Gaël Monfils al Masters 1000 di Madrid
arriva a 1200 vittorie in carriera.

23 giugno 2019
Decima vittoria al torneo di Halle: con Rafael Nadal è l'unico
tennista nell'era Open ad aver vinto almeno dieci volte lo stesso
torneo, e raggiunge quota 102 titoli ATP.

14 luglio 2019
Federer perde la finale di Wimbledon contro Novak Djokovic. Questa partita, durata 5 ore circa, è la più lunga nella storia del singolare maschile del torneo.